BIOGRAFIAS — MEMÓRIAS — DIÁRIOS — CONFISSÕES
ROMANCE — CONTO — NOVELA — FOLCLORE
POESIA — HISTÓRIA

1. MINHA FORMAÇÃO — Joaquim Nabuco
2. WERTHER (Romance) — Goethe
3. O INGÊNUO — Voltaire
4. A PRINCESA DE BABILÔNIA — Voltaire
5. PAIS E FILHOS — Ivan Turgueniev
6. A VOZ DOS SINOS — Charles Dickens
7. ZADIG OU O DESTINO (História Oriental) — Voltaire
8. CÂNDIDO OU O OTIMISMO — Voltaire
9. OS FRUTOS DA TERRA — Knut Hamsun
10. FOME — Knut Hamsun
11. PAN — Knut Hamsun
12. UM VAGABUNDO TOCA EM SURDINA — Knut Hamsun
13. VITÓRIA — Knut Hamsun
14. A RAINHA DE SABÁ — Knut Hamsun
15. O BANQUETE — Mario de Andrade
16. CONTOS E NOVELAS — Voltaire

UM VAGABUNDO TOCA
EM SURDINA

Vol. 12

Capa
Cláudio Martins

Tradução do Norueguês
Raquel Bensliman

EDITORA ITATIAIA
BELO HORIZONTE
Rua São Geraldo, 53 — Floresta — Cep. 30150-070
Tel.: 3212-4600 — Fax: 3224-5151
e-mail: vilaricaeditora@uol.com.br
Home page: www.villarica.com.br

Knut Hamsun

UM VAGABUNDO
TOCA EM SURDINA

Editora Itatiaia
Belo Horizonte

2005

Direitos de Propriedade Literária adquiridos pela
EDITORA ITATIAIA
Belo Horizonte

Impresso no Brasil
Printed in Brazil

ÍNDICE

Prelúdio	9
Capítulo I	19
Capítulo II	31
Capítulo III	40
Capítulo IV	49
Capítulo V	57
Capítulo VI	68
Capítulo VII	77
Capítulo VIII	86
Capítulo IX	95
Capítulo X	104
Capítulo XI	112
Capítulo XII	119
Capítulo XIII	127
Capítulo XIV	136
Finale	145

PRELÚDIO

O ano se anuncia bom para as frutas selvagens: amoras, mirtilos, uvas brancas. Não se pode, evidentemente, viver de pomos silvestres, mas a sua presença empresta ao bosque um ar festivo. E quantas vezes nos refrescam a sede e nos matam a fome.
Foi no que ontem de tarde pensei.
Faltam ainda dois ou três meses para que estejam maduras, mas o bosque tem, mesmo sem elas, o seu encanto. Na primavera, no verão, quando as frutas silvestres são apenas flores, há as campainhas azuis, os trevos, os bosques profundos onde não penetra o vento, o odor das árvores frescas, a calma. Ressoa no céu como que o longínquo murmúrio de um rio. É o som mais prolongado que sei imaginar para medir o tempo e a eternidade. Por vezes rasga o ar o grito estridente do tordo. Como é aguda aquela voz, Deus meu! Eleva-se até o máximo do seu registro e subitamente volta em ângulo reto para uma melodia mais grave, numa queda brusca, cristalina, como o riscar de um diamante. Depois, prossegue o canto suave, delicioso. Ao longo das praias também palpita a vida no saltitar do ostreiro, do verdilhão e da andorinha do mar. Esbelta e oscilante, o bico pontiagudo, a alvéola dá caça à presa, movendo-se rapidamente e também ela canta. Ao cair da tarde, quando o sol mergulha no horizonte, ouve-se o pato bravo dos lagos da montanha no seu melancólico "hurrah!" Nada mais resta dos ruídos do dia senão o cantar dos grilos, tão pequeninos, tão imperceptíveis, que nem vale a pena falar deles.
Era nisso tudo que eu cismava ontem à tardinha; cismava que o verão possui certos encantos para um vagabundo e, portanto, não convém esperar o outono.

Mas acode-me, de repente, a idéia de que estou contando coisas tranqüilas com palavras tranqüilas... como se mais tarde não tivesse de chegar a contar fatos graves e perigosos. De resto, o meu processo não passa de um truque, velho truque que aprendi com um mexicano, Rough, no hemisfério austral.

Em torno do seu imenso chapéu tilintavam palhetas de cobre miudinhas e sonoras que seriam por si sós razão para que nunca mais dele me esquecesse. Mas o que principalmente o não deixa arredar da minha memória é o ar calmo e simples com que me narrou o seu primeiro assassínio: "Uma vez, tinha eu por companheira uma rapariga chamada Maria — começava Rough resignadamente — contava dezesseis anos e eu dezoito. Tinha as mãos pequeninas, tão pequeninas e delicadas, que quando mas estendia para falar-me ou apertar as minhas, toda ela era somente alguns dedinhos afilados. Uma tarde, o nosso patrão chamou-a dos campos para que fosse à sua casa dar uns pontos de costura. Como podia eu impedi-la de trabalhar para o patrão? Assim se passaram muitas semanas. Um dia acabou a costura. Sete meses depois Maria morreu, levaram-na a enterrar, e as suas mãozinhas também foram para debaixo da terra com ela. Procurei o seu irmão Ines e lhe disse: "Amanhã pela manhã, às seis horas, o patrão parte para a cidade a cavalo. Vai só." — "Sei perfeitamente" — disse ele. — "Empresta-me a tua espingarda. Quero matá-lo." — "Deixa. Eu mesmo o matarei". Mudamos de assunto; falamos de outras coisas, das ceifas, e de um grande poço que tínhamos acabado de perfurar. Quando parti, fui buscar a espingarda que estava pendurada na parede e levei-a comigo. Assim que cheguei ao bosque, descobri Ines entre os arbustos, à espreita. Gritou-me que o esperasse. Sossegadamente nos sentamos num talude da estrada e conversamos sobre a nossa vida. Bruscamente, tomou-me a espingarda, e, calmo, dirigiu-se para o lado das casas: "Ouve, Ines — disse-lhe eu — vai embora antes de mim; não convém que nos vejam juntos. Seria a nossa perdição, e, para lutar contra nós ambos, ele é sozinho." — "Carrega duas pistolas à cintura, — disse — e tu que tens para o atacar?" — "Nada, apenas uma funda que não faz barulho." Ines, depois de olhar muito tempo para a funda, voltou as costas e continuou a andar. Daí a poucos momentos chegava o patrão montado no seu cavalo: "Abre a porteira" — disse ele; mas não me mexi. Olhava-lhe a cabeça branca e o aprumo de velho de quase sessenta anos. "Abre a porteira" — repetiu espantado, fitando-me como se eu tivesse endoidecido. Continuei sem me mexer. Levantou o chicote e bateu-me. Continuei a olhá-lo como se de fato eu fosse um doido, completamente imóvel. Viu-se então obrigado a apear e, ele próprio, abrir a porteira. Ergui a mão e desfechei-lhe um golpe na cabeça, ao lado do olho direito. O sangue jorrou. Deu um grito e caiu ao chão como um animal. Curvei-me sobre ele e disse-lhe algumas palavras que já não teria ouvido; alguns golpes mais e estava morto. Encontrei-lhe na carteira muito dinheiro e tirei-lhe algum para poder fugir. Montei a cavalo e parti. Ao pé da porta encontrei Ines: "Só precisas de três dias para alcançar a fronteira" — disse ele.

Foi assim que Rough me contou esse acontecimento, e olhava para longe tranqüilo, depois de finda a sua história.

O que eu tenho para contar não é um crime, não é um assassínio; são as alegrias e as tristezas do amor, e o amor às vezes é mais violento, mais perigoso que todos os crimes e todos os assassínios.

Esta manhã, enquanto me vestia, pensava: Olha como a neve das montanhas começa a derreter! As janelas das casas já estão todas abertas de par em par, e os rebanhos começam a pedir, de dentro dos estábulos onde estiveram fechados todo o inverno, que os deixem sair para o campo. Desabotôo a camisa para que o vento dê em cheio no meu peito. Sinto que uma turbulência desenfreada toma conta da minha alma e dos meus sentidos. Sinto que dentro de mim se agitam as mesmas forças de outrora, quando tinha menos idade e mais fogo nas veias. Talvez, pensei, haja para o lado de leste, ou de oeste, um bosque onde um velho se possa sentir tão bem como um jovem; é para lá que tenho de partir.

O sol, a chuva, o vento, alternam-se. Andei durante muitos, muitos dias; o fim do inverno ainda está muito frio, mas facilmente encontro, no meu caminho, pousada nos sítios e fazendas. Os homens com quem cruzo admiram-se que eu caminhe, caminhe sempre, sem fim e sem rumo. Devo ser um excêntrico, um filósofo disfarçado, no gênero de Wergeland[1]. Os homens ignoram que conto chegar a determinado lugar meu conhecido onde me esperam certas pessoas que desejo rever. Um deles tem certo bom senso, devo mesmo dizer que há grande lógica nas suas palavras. O mundo está de tal sorte dominado pelo cabotinismo que todos nós nos sentimos vaidosos se nos tomam por aquilo que não somos. Quando conversava comigo, a mulher e a filha vieram em meu auxílio e falaram, falaram até satisfazerem a sua imaginação. Deixaram-me, nessa noite, dormir na fazenda e aí passar o dia seguinte. Engraxei os sapatos com exagerado cuidado e cosi a minha roupa.

Mas o homem começava a duvidar de mim: "Quando te fores, darás à minha filha uma boa gorjeta" — disse. Fiz-me de desentendido e perguntei a rir: "Achas," — "Sim, — respondeu o homem — e assim ficaremos todos convencidos de que és uma alta personagem". Fiz-me surdo à sua ironia e pedi-lhe trabalho. Gostava do sítio, sabia que precisavam de mim e poderiam ocupar-me em qualquer serviço. "Precisava principalmente que te fosses embora" — disse o homem. — "Não passas de um doido!" Tinha, evidentemente, embirrado comigo, e eu não tinha, naquele momento, junto de mim, nenhuma das mulheres da fazenda que me protegesse. Olhei-o sem compreender-lhe a maneira de pro-

---

1. HENRIK WERGELAND (1808-1854). Um dos maiores poetas noruegueses do século XIX. Campeão das idéias republicanas e humanitárias, foi um dos principais elementos do movimento da ressurreição natural da Noruega. — N. da T.

ceder. O seu olhar era firme e direto. Tive a impressão de nunca ter visto na minha vida uns olhos tão inteligentes. Mas o homem exagerou a má vontade e começou, por sua vez, a caçoar de mim: "Como queres que te chames?" — "E que te importa o meu nome?" — respondi. — "Um Eilert Sundt[2] ambulante?." Não me zanguei com a ironia e respondi a rir: "Está bem, é isso mesmo!" Mas o homem começava a irritar-se com as minhas respostas. "Tenho pena da senhora Sundt!" Encolhi os ombros e respondi: "Enganas-te, não sou casado!" Depois disto, fiz menção de partir, mas, afetando irritabilidade, ele ainda gritou atrás de mim: "És tu que está enganado: quem eu lastimei foi a mãe que te pôs no mundo!"

Quando ganhei a estrada, voltei-me para ver o que se passava, depois da minha saída e vi que a mulher e a filha, minhas protetoras, levavam o homem a reboque, gritando e ralhando. Pensei: "Mesmo um vagabundo nem sempre encontra no seu caminho só gente ruim e desapiedada."

No sítio vizinho contaram-me que o homem era um antigo sargento-ajudante que estivera muito tempo numa casa de doidos, por ter perdido um processo no Supremo Tribunal. No princípio desta primavera, a doença voltara a atacá-lo. Deus sabe se a minha presença lhe terá dado o golpe de misericórdia. Mas, como a inteligência fulgurou-lhe no olhar precisamente no momento em que a loucura de novo tomou posse do seu cérebro! Muitas vezes me lembro dessa grande lição: é difícil, imensamente difícil, conhecer os homens, distinguir o sábio do louco! Que Deus nos livre de sermos compreendidos um dia!

Horas depois, caminhando sempre, passei diante de outra casa; na soleira da porta vi sentado um rapazinho tocando harmônica. Não se pode dizer que fosse um grande artis-

---

2. EILERT SUNDT, pastor influenciado pelas idéias de Wergeland, que se dedicou durante a vida às prédicas humanitárias entre os vagabundos e os camponeses. — N. do T.

ta, mas devia ser dotado de gênio muito pacífico: estava ali sozinho, tocando para si e a sorrir. Cumprimentei-o, levando ligeiramente a mão ao boné, num gesto discreto, para o não interromper, e parei a certa distância. Não me prestou a mínima atenção e limpou rapidamente a harmônica; de novo a levou à boca e continuou a tocar. Como não via maneira de o fazer parar a música, aproveitei uma segunda vez em que de novo parava para limpar a harmônica, e tossi discretamente para me fazer notar: "És tu Ingeborg?" perguntou. Cuidei que se dirigia a uma mulher que estivesse junto à casa, portanto atrás de mim e não respondi; — "Tu que estás aí em pé... — continuou. Desconcertado, perguntei: "Mas será possível que não me vejas?" Não respondeu, e fez em torno de si alguns gestos tateantes, como se quisesse levantar-se; compreendi então que era cego: "Fica quieto e não te assustes" — disse eu. Sentei-me ao seu lado.

Conversamos acerca de muitas coisas e contou-me sua vida: Tinha dezoito anos e cegara aos quatorze; era forte e alto. A parte inferior do seu rosto se cobria de penugem doirada de uma barba incipiente. Graças a Deus a saúde era boa, dizia. "Mas a vista? — perguntei — ainda se lembrava do aspecto do mundo?" — "Sim, senhor" — respondeu — ainda se lembrava de muitas coisas bonitas e divertidas do tempo em que via. No fim de contas vivia contente e satisfeito. Devia, na primavera, ir a Cristiânia para ser operado; talvez recobrasse a vista, talvez o suficiente para poder andar. Todas as suas faculdades pareciam estar embotadas. Absorvia certamente uma grande quantidade de alimentos; era gordo, vigoroso, de uma aparência sadia, invulgarmente proporcionado e de certa maneira atlético. No entanto havia na sua pessoa qualquer coisa de anormal, qualquer coisa de idiota; a resignação a naturalidade com que suportava o destino, era por demais absurda. Uma tal plenitude de esperança não pode deixar de encobrir grande soma de estupidez. "Este rapaz — pensei — deve ser de uma grande fraqueza de espírito, para estar assim contente com a vida e ainda dela esperar alguma coisa nova e boa".

Tudo naquela manhã tinha, porém, de trazer-me novos ensinamentos. Aquele infeliz, tomando-me por uma mulher, fizera-me compreender que o meu passo era leve demais para um campônio. O meu contacto com o mundo das coisas delicadas me deformara a personalidade de trabalhador. Precisava exercitar-me para de novo me tornar rústico.

Ainda me faltavam três dias de caminho para chegar a Oevreboe, algo em que se fixara a minha curiosidade. Queria ir até à casa do capitão Falkenberg. Era precisamente esta a boa época de ali parar a pedir trabalho, a propriedade era grande e os longos trabalhos da primavera ainda deviam estar por fazer. Havia oito anos que ali estivera pela última vez, e a minha barba, que deixara crescer ultimamente, faria com que ninguém me reconhecesse.

Estávamos no meio da semana e, por conseguinte, deveria lá chegar no sábado à tardinha. Desta maneira o capitão, que certamente me deixaria pernoitar em sua casa teria dois dias para reflectir sobre o meu pedido; na segunda-feira me diria "sim" ou "não".

O que me esperava em Oevreboe não despertava em mim a mínima curiosidade, o que é tanto mais para estranhar, quanto é certo que no mesmo Oevreboe eu vivera muitas semanas ricas de emoções. Parece até haver ali amado a dona Luíza. Sim, era fora de dúvida, eu tinha amado a dona Luíza. Parecia uma menina: olhos cinzentos cor de um céu de trovoada e os cabelos muito loiros. Há oito anos já! Como o tempo passa depressa! Como estará ela agora? Terá mudado, ou ainda será a mesma dona Luíza de cabelos loiros e olhos profundos? Em mim concluiu o tempo a obra de destruição: tornou-me tolo, indiferente e céptico. Olho hoje para as mulheres como para um pedaço de literatura; é o fim. Mas que importa? Tudo tem um fim. Quando em mim principiou esta fase de indiferença senti como que a sensação de ter sido amputado, senti que havia dentro de mim uma falha senti-me roubado como se me tivesse roçado de perto um batedor de carteiras; e pus-me a pensar se depois disso ainda valeria a pena aturar-me a mim mesmo.

Quando chega a velhice, deixamos de viver o presente e passamos a viver de recordações. "Chegamos" como uma carta ao seu destino; deixamos de ter caminho a percorrer. Resta-nos, unicamente, saber se a nossa passagem pelo mundo desencadeou turbilhões de penas e alegrias, ou se a nossa vida não nos deixou uma única sensação.

Quanto às mulheres, devemos dizer como o sábio: "Entes verdadeiramente medíocres, completamente irresponsáveis que têm como as crianças caprichos e leviandades, sem terem, como elas, a inocência".

Paro junto ao poste que indica o caminho para Ovreboe. Não me agita uma única sensação. A luz do sol estende-se pelos campos onde os homens trabalham, pelos bosques onde farfalham as árvores. Aqui e acolá aldeões lavram ou gradam. O trabalho é moroso, lento; parecem estar imóveis. É meio-dia e o sol aquece a terra ardentemente. Quero ganhar tempo para não entrar na propriedade muito cedo, de modo que passo pelo portão sem me deter. Eis-me daí a instantes no meio do bosque, e vou caminhando, vagueando, entre o perfume dos fetos selvagens e o cheiro das folhas verdes e tenras. Bandos de tordos caçam no ar uma gralha. O céu se enche do seu grito guerreiro, fazem um charivari infernal; escancaram o bico e gritam como se o espaço inteiro lhes pertencesse. Deito-me de costa no chão e adormeço com a cabeça encostada ao meu saco de viagem.

Na intenção de saber alguma coisa a respeito dos Falkenberg, aproximo-me do primeiro lavrador que encontro; quero perguntar se ainda vivem, se estão bem e se continuam em Oevreboe. O homem que se me depara é um pobre aldeão, que me responde ambiguamente, sem nunca dizer nada que possa elucidar-me como quero. Manhoso, fita-me desconfiado com os olhos pequeninos e redondos: "Não sei se o capitão estará em casa". — "Costuma ausentar-se?" — "Não senhor, deve estar em casa." — "Os trabalhos da primavera já estão terminados?" O homem sorri: "Não! Não senhor, ainda não devem estar terminados". —

"O capitão tem muita gente a trabalhar?" — "Isso lá não sei. Não há dúvida que os trabalhos já devem estar terminados; o estrume, pelo menos, já foi todo acarretado. Sim senhor."

Depois de dar-me esta explicação claríssima, o homem toca os cavalos e continua a lavrar. Espero pacientemente uma nova parada da charrua, para de novo lhe arrancar algumas contradições a respeito dos habitantes de Oevreboe. O capitão passava todos os anos muitos dias, durante o verão, no campo de manobras e durante esse tempo a senhora ficava só em casa. Não! Os patrões tinham sempre a casa cheia de visitas e a senhora nunca estava só, mas o capitão é que nem sempre estava presente, pois gostava muito de casa, entendido, mas às vezes também gostava mais do campo de manobras. Não, não tinham filhos, nem havia esperanças que viessem a tê-los algum dia. "Mas, que digo eu, pode muito bem ser que tenham ainda muitos filhos, tudo mesmo leva a crer que a senhora ainda terá muitos filhos. Eia, eia, cavalos toca a andar!"

Continuamos a lavrar e novamente paramos um momento. Desagradava-me chegar a Oevreboe no meio de uma festa e de novo interrogo o homem. Pergunto se hoje haverá muitos convidados em casa do capitão. Parecia-lhe que não. Acontecia, muitas vezes, haver convidados e música e dança, principalmente agora havia-os quase sempre, mas... Os "capitães" eram gente muito chic, muito rica e não se embaraçavam com despesas, nem com hóspedes em casa.

O pobre homem começava a suplicar-me. Tentei desviar a conversa para alguém que não fosse os Falkenberg. Perguntei-lhe por um velho companheiro meu do tempo em que andava no bosque cortando árvores: Lars, aquele que afinava pianos? Aí as explicações do homem se tornavam mais claras. Lars, certamente o conhecia! Casara-se com a Ema: — "Lembra-se da Ema, aquela que servia em casa dos patrões?" Possuíam agora um pedacinho de terra, cedido pelo capitão, e já criavam duas vacas e um casal de filhos.

17

Nesta altura da conversa, o rego que o homem começara, acabava, e os cavalos, automaticamente, viravam-se para continuar. Disse-lhe adeus e parti.

Quando me achei no pátio de Oevreboe, um rápido olhar fez-me reconhecer imediatamente os sítios e as dependências. Tudo se conservava nos mesmos lugares e perfeitamente na mesma, exceto a pintura das paredes, envelhecida e como que abandonada. O mastro que eu mesmo tinha ajudado a erguer, lá estava erecto, mas imediatamente reparei que lhe faltava a corda de prender a bandeira.

Chegara ao meu destino quatro horas da tarde, dia vinte e seis de abril.

Como a gente velha se lembra das datas!

CAPÍTULO I

Em Oevreboe as coisas se passaram de modo muito diferente do que eu previra. O capitão Falkenberg saiu para o pátio e ouviu com atenção o meu pedido de trabalho, ao qual respondeu imediatamente por uma negativa: Já tinha muita gente empregada e os trabalhos estavam quase no fim.

— Muito bem. Posso, no entanto, descansar um pouco antes de partir?

— Certamente.

O capitão não me convidou a passar na herdade o dia de domingo, como eu imaginara, e, rodando nos calcanhares, entrou em casa. Deu-me a impressão de que acabava de levantar-se da cama: estava em camisola de dormir, o cabelo despenteado e via-se que para sair atirara negligentemente aos ombros um casaco, sem sequer o abotoar. Os cabelos e a barba estavam mais grisalhos.

Sento-me na sala do pessoal e espero os criados que não devem tardar para a merenda. Momentos depois, entram um rapaz ainda novo e um garoto. Principiamos a conversar e o mais velho me demonstrou que deve ter havido qualquer mal-entendido entre eu e o capitão, quando este me disse que os trabalhos estão quase acabados. "De resto, é lá com ele!" Não lhe escondo que procuro trabalho e no que toca a referências lhe mostro um bom certificado que me dera, há tempos, o juiz de Hersaet. Espero que os criados da lavoura tornem a sair e, pondo o meu saco de viagem às costas, saio com eles. Envio um último olhar às cocheiras, onde há um número incontável de cavalos, ao estábulo, às galinhas, aos porcos. No fosso vejo ainda o estrume do ano passado que não foi removido.

— Como foi que deixaram este estrume aqui? — pergunto.

— Meu Deus, senhor isso lhe pergunto eu — respondeu o criado. — Que quer que faça? Fui eu que trouxe para aqui todo o estrume desde o fim do inverno. Eu sozinho. Não me dá ninguém para me ajudar. Enfim, é lá com ele!

— Adeus companheiro — disse eu. — Vou-me embora.

Espero ir até à casa do meu amigo, do meu bom amigo Lars, mas não lhe dou parte das minhas intenções. À distância, na proximidade do bosque, vejo umas casinhas brancas que julgo sejam as suas.

O criado da herdade de Oevreboe parece ter ficado descontente com a minha partida. Perdia um ajudante precioso para os trabalhos do estrume. De longe o vejo caminhar com o seu passo pesado e entrar numa das dependências da casa.

Andara eu algumas centenas de passos, quando percebo alguém que me chama. Volto-me e vejo o meu homem. Vem anunciar-me que o capitão, afinal, me toma para o serviço. Fora parlamentar com este, que lhe deu carta branca para me contratar: "Não há nada que fazer aqui até segunda-feira mas entra e vem merendar".

O criado é uma pessoa desembaraçada; acompanha-me à cozinha e ordena: "Dê alguma coisa de comer a este homem. Vai trabalhar conosco".

Uma cozinha desconhecida, muitas criadas desconhecidas. Dão-me a merenda e saio da cozinha. Dos patrões nem a sombra vejo.

Devia ser muito aborrecido passar uma noite inteira na casa dos criados. Assim, pois, saio para o campo à procura de alguém com quem possa conversar. O criado, meu companheiro, é de boa família abastada que vive na herdade mais próxima; como, porém, não é o filho mais velho e não tem, por isso, bens de que cuidar, serve em Oevreboe por algum tempo. De resto, estava contente, com a vida. O patrão não se preocupava muito com a herdade e fora ele quem tivera de pôr ordem em tudo. No outono passado secara uns pastos que agora ia semear. E dizendo isto, o rapaz mostrava-me com um dedo muito espetado a extensão de terras que contava cultivar: "Olha agora para aquele campo que estava abandonado; não te parece que começa a tomar jeito de coisa tratada?"

Dava gosto ver como o rapaz entendia do serviço. Todas as suas palavras eram sensatas e cheias de sabedoria. De fato não era um criado vulgar; freqüentara a escola de agricultura e até sabia escrituração; era capaz de escrever quantas carroçadas de feno se carregavam e a data em que nasciam as vitelas e os bezerros. Tinha tudo classificado e em ordem. Noutros tempos o lavrador guardava de memórias as contas e as mulheres sabiam de cor o dia em que cada uma das vinte vacas pariria.

O criado era um rapaz esperto e trabalhador, mas ultimamente andava desgostoso por ver que sozinho não bastava para o amanho das terras do capitão. Animava-lhe a idéia de ter mais um companheiro de trabalho. De segunda-feira em diante me daria o cavalo e a carroça para transportar o estrume, o garoto servir-se-ia de um dos animais de sela do capitão para puxar a grade, e ele continuaria a lavrar como até ali. "Ainda havemos de semear este ano, verá!"

Domingo. Tenho de fazer grande esforço para não mostrar que me lembro da propriedade; por exemplo: da extensão dos terrenos que pertencem ao capitão, do bosque, das dependências, do poço, etc. Comecei os meus preparativos para o trabalho de segunda-feira. O carro, o cavalo, os arreios, tudo foi cuidadosamente limpo e tratado. Pela tarde fui passear à mata contígua à propriedade; passei junto da casa de Lars, sem todavia entrar, e fiquei abismado e triste com a quantidade de árvores cortadas no bosque.

Quando voltei para casa o criado me perguntou:

— Ouviste durante toda a noite o barulho e as cantigas?

— Ouvi. Que quer isto dizer?

— Devem ser os convidados — respondeu, sorrindo ironicamente.

Ah! sim, os convidados! Atualmente Oevreboe está constantemente cheia de hóspedes!

Entre eles há um senhor extremamente gordo e coisa extraordinária dada à sua gordura, tem um rosto de expressão viva e inteligente. Usa fartos bigodes loiros retorcidos e é capitão da mesma arma que Falkenberg. Vi-o sair de tarde, juntamente com outros convidados. Também há um rapaz muito novo, a quem chamam o "engenheiro": Vinte e cinco anos talvez, glabro, estatura regular e de pele trigueira. Também vi Isabel, a Isabel do presbitério que reconheci apesar de seis anos mais velha. Conservara dela uma recordação muito nítida. A Isabelinha de outrora, delicada e magrinha, dera lugar a uma Isabel corpulenta e forte, cujo peito demasiadamente saliente, levava a pensar que ali havia saúde demais. O meu companheiro de trabalho contou-me que se casara ela com Erik, um filho de lavradores, que a namorava desde criança. Freqüentava muito Oevreboe e continuava amiga de Luíza Falkenberg. Mas o marido nunca a acompanhava.

Ao pé do mastro está Isabel e daí a poucos momentos o capitão vem sorrateiramente conversar com ela. De onde estou não posso ouvir o que dizem, mas o capitão a todo o instante olha em volta como se tivesse receio de ser ouvido. Assim as suas palavras tomam um ar de coisa misteriosa e perdem a banalidade.

O gordo e jovial capitão grita a Falkenberg, dizendo que precisa falar-lhe: o outro não se move e continua a conversar com Isabel. Uma escadinha de pedra conduz ao bosque dos lilases, e por ela se encaminha o capitão; uma criada o segue de perto com uma bandeja cheia de copos e garrafas de vinho. O engenheiro, atrás, fecha o cortejo.

O meu companheiro, que está ao pé de mim, desata a rir.

— Este capitão!...

— Como se chama ele?

— Não sei. Toda a gente lhe chama "Irmão", sem nunca dizer o nome. Veio aqui o ano passado e voltou este ano, mas não sei como se chamará.

— E o engenheiro?

— Chama-se Lassen, pelo que tenho ouvido; vi-o apenas uma vez, desde que estou a serviço da casa.

Nesta altura da conversa, olho para o lado e vejo Luíza Falkenberg, que sai devagar e pára uns instantes a observar o par composto pelo marido e Isabel, que continuam conversando junto do mastro. É ainda bonita e fina como há oito anos, mas no rosto fez-lhe o tempo o eterno estrago. As faces dantes cheias se tornaram flácidas, como se de dentro delas tivesse desaparecido a rijeza da carne. Recomeça a andar e o seu passo ainda é leve e elástico.

Mais alguns convidados saem da casa: uma senhora de certa idade, envolvida num xale, seguida de dois senhores.

O criado conta-me que nem sempre há assim tantos convidados em Oevreboe, mas, como anteontem foi o aniversário do capitão, chegaram dois grandes carros cheios de gente; os quatro cavalos de tiro que os tinham conduzido estavam na cocheira.

De novo reclamam a presença do par que continua conversando ao pé do mastro. Desta vez o capitão responde um "sim" impaciente, mas continua sem arredar de onde está. Torna a olhar em volta de si cautelosamente e põe a mão levemente no ombro de Isabel como se quisesse dali sacudir um grão se poeira. Fala-lhe baixinho como que ralhando com ela.

O criado diz:
— Sempre tem tantas coisas a dizer-se esse dois. Todas as vezes que ela vem aqui, fazem longos passeios juntos.
— E o que diz a isso a senhora Falkenberg?
— Que eu saiba, nada, nem me parece que se importe.
— A Isabel não tem filhos?
— Tem, a Isabel até tem muitos filhos.
— Como pode ela então ausentar-se tantas vezes de casa para vir a Oevreboe?
— Para ela não tem isso a mínima importância, porque a mãe de Erik trata deles e da casa na sua ausência.

O meu companheiro sai e fico sozinho na casa dos criados. Houve tempo em que, como hoje, me encontrava naquele quarto. Trabalhava então na construção de uma grande serra mecânica para serrar os toros de madeira. Com que interesse, com que ardor trabalhava! Pedro, o criado naquele tempo, estava doente, de cama, e eu tinha de correr de casa para o depósito cada vez que precisava de um prego. Hoje penso na serra como se pensa num verso que se leu. Eis o que faz o tempo das nossas recordações.

O meu companheiro torna a entrar.

— Se amanhã as visitas ainda aqui estiverem, pego nos seus cavalos e meto-os à charrua para lavrar — diz ele, que não pensa senão na lavoura e no trabalho.

Olho pela janela. O par que conversava finalmente partiu.

À tarde a animação cresceu a olhos visto. No bosque dos lilases jantavam convidados e patrões. Era um constante vaivém de criadas trazendo o levando bandejas cheias de bebidas e comidas. Ouviam-se risos e gritos de alegria: "Irmão! Irmão!" — gritavam, mas quem mais se ouvia rir e gritar era precisamente o nédio "Irmão". Enorme, gordíssimo, tão gordo e tão pesado que a cadeira onde se sentara tinha quebrado sob o peso. Tiveram de vir à casa dos criados buscar uma cadeira resistente que o agüentasse. O capitão Falkenberg saía de tempos a tempos ao pátio, a fim de provar a todos que apesar de ser ele quem mais bebia, era também o que melhor se conservava em equilíbrio.

— Aposto nele — disse o criado — não é homem que caia de cavalo magro. O ano passado fomos um dia à cidade. Eu conduzia os cavalos e ele, dentro do carro, bebeu durante todo o caminho. Pois quem o visse nem sequer poderia dizer que o homem tinha bebido.

A tarde caiu e começou a soprar um vento áspero e muito frio que decerto tornava fresca demais a temperatura no bosque dos lilases. Toda a alegre sociedade voltou para casa, mas abriram as janelas de par em par para que o frescor da noite entrasse nos salões. Do piano jorravam ondas de harmonia que inundavam a casa e o bosque. Mais tarde principiaram as músicas de dança; devia ser o gordo "Irmão" quem tocava.

— Gente esquisita! — resmungou o criado. — Dançam de noite e dormem de dia. Vou-me deitar.

Fico junto da janela, ouvindo e observando, quando vejo entrar o meu amigo Lars Falkenberg porque Lars também é Falkenberg como o patrão, e fora chamado pelos hóspedes para cantar músicas populares. Ouvem-no um momento e rompem todos a cantar com ele os coros das cantigas. Ergue-se no ar um canto poderoso e alegre. Decorrida uma hora, Lars sai de casa e vem beber com os criados uma garrafa de vinho que lhe deram em paga das canções. Encontra-me sozinho na sala e, como não me reconhece, entra no quarto do meu companheiro para oferecer um gole. Daí a momentos volta e me convida também. Tomo o maior cuidado com o que digo para não me dar a conhecer, mas, quando parte, convida-me a acompanhá-lo um trecho de caminho. É evidente que sabe quem sou, o antigo companheiro na lida do bosque.

Foi o capitão quem lho disse.

— Bem, pensei, se o capitão me reconheceu e não se importa de ter-me ao serviço, tanto melhor para mim, que, de hoje em diante, poderei vaguear livremente por toda a propriedade.

Acompanho Lars até sua casa. Pelo caminho falamos dele, da mulher, da exploração agrícola e da gente de Oevreboe. Ao que parece, o capitão perdeu grande parte da sua autoridade no lugar. Já não vêm os homens das redondezas pedir-lhe conselho, nem as mulheres, que resolva as suas pequenas questões. "Vês aquele caminho que vai da casa à estrada? Pois é o último trabalho que fez e já foi há coisa de cinco anos. Daí por diante nunca mais construiu coisa nenhuma. As casas precisam de ser pintadas e ninguém cuida disso, as terras de semeadura também estão quase abandonados; creio que se excedeu nas explorações da floresta". Talvez bebesse demais? Sim, corria que o capitão bebia demais, mas ninguém o poderia afirmar: "Diabo levem as más línguas!" Decerto bebia um pouco, às vezes saía de casa e ficava longos dias sem voltar. Quando regressava vinha ainda mais falto de coragem e de energia. Era um desastre para ele e para a senhora.

— E ela, a senhora?

A senhora era positivamente a mesma. Bonita como sempre, tocava piano e andava alegre. Tinham a casa cheia de convidados, mas os impostos e as despesas levavam tudo. Uma casa daquele tamanho era uma ruína só para se ter em ordem. O que era uma calamidade, tanto para ele como para ela, era o aborrecimento e o desamor que tinham um pelo outro. Estavam fartos; durante meses e meses passavam os dias sem proferirem uma palavra que não fosse para os estranhos. Não conversavam nunca entre si. No estio o capitão partia para o campo de manobras, ou para a instrução, deixando abandonadas a mulher e a casa: "Não tinham filhos, era esse o mal" — dizia Lars.

Ema vem ao nosso encontro, saindo de casa alegremente. Conserva intacta a frescura e a beleza de rapariga sadia e alegre. Sem procurar muito a forma digo-lhe que ainda parece uma menina. "Não é verdade?" — diz Lars amavelmente. "É uma jóia e um amor de mulherzinha, mas tem um defeito: em filhos demais esta tonta". Obriga-a a beber um copo de vinho da garrafa que lhe deram. "Entrem, entrem e descansem" — diz ela. "Tanto podem conversar aqui dentro como aí fora". Mas não me apetece entrar; a noite está linda e quase quente para quem veio a andar. Quando voltei para casa, Lars acompanhou-me uns passos falando sempre de sua propriedade e das obras que fizera para drenar uns pastos alagados. Imensa calma desce sobre mim ao contacto daquelas almas simples, daquela casinha perdida em meio do arvoredo que se agita a cantar sua eterna canção, tangido pelo vento.

Volto a Oevreboe. A noite avança. Calam-se os passarinhos. O ambiente é calmo e tranquilo.

— Sejamos jovens esta noite! — diz uma voz de homem, clara e sonora, por detrás dos lilases. — Vamos dançar dentro do cercado!

A voz de Luíza Falkenberg responde:

— Lembra-te do ano passado. Então eras gentil e bem educado, não me dizias tolices semelhantes.

— Não, não te dizia tolices naquele tempo; mas tu, apesar disso, ralhavas comigo! Lembra-te do que dizias? Ralhavas porque te disse: "Que linda está esta noite!" Respondeste: "Não, já não sou bonita, estou velha, tu és uma criança e não deves beber dessa maneira". Aí está o que me dizias.

— É verdade, disse-te isso — respondeu ela rindo.

— Sim, realmente foi o que me disse e no entanto ninguém melhor que eu queria dizer se estavas ou não bonita, porque ninguém te olhava como eu, que só tinha olhos para ti.

— Criança, criança que és!

— E hoje ainda está mais bonita que nos outros dias.

— Tem cuidado que pode vir alguém.

Efetivamente alguém vinha. Era eu que passava quando os dois se levantaram detrás dos lilases. Vi que quem estava com ela era o engenheiro Lassen. Quando perceberam que era apenas *eu*, continuaram a conversar como se não valesse a pena calarem-se, por causa de tão nula personagem. A alma dos homens é fraca e contraditória. Por mais que dissesse a mim mesmo que o meu ideal era o mundo inteiro deixar-me em paz, o pouco caso daqueles dois irritou-me e feriu-me. Covardemente ia pensando, para dar razão à minha incoerência: "Podiam ao menos respeitar a minha barba branca e o meu cabelo grisalho".

— Esta noite estás mais bonita que nunca — repetia o engenheiro.

Passo precisamente em frente deles e cumprimento com indiferença.

— Quero que se convença — diz a senhora — de que falas em pura perda... escuta — continuou dirigindo-se a mim que já tinha passado — tu perdeste o lenço. Deixaste cair ali, perto da árvore.

— Obrigado — respondi. Apanhei o lenço e continuei placidamente o meu caminho.

— Vem, deixa de pensar no mundo e nos lenços dos camponeses que caem no chão. Entremos no pavilhão... pensa em mim, pensa em nós.

— O pavilhão está fechado durante a noite. Deve certamente haver alguém lá dentro.

Depois não mais os ouvi.

O meu quarto, no sótão da casa dos criados, tem uma única janela que dá para o jardim dos lilases. Continua a ouvir-se o som das vozes conversando por detrás dos arbustos, mas não é possível distinguir o que dizem. Comecei a cismar: "Por que será que o pavilhão fica fechado durante a noite? Que idéia tão astuciosa! Sendo costume fechá-lo, talvez algum velhaco se lembre que é fácil e seguro para lá entrar de noite em galante companhia, sem dar nas vistas e sem perigo de ser surpreendido."

Ao longe, pelo mesmo caminho que acabara de percorrer, vejo avançar duas pessoas: é o capitão, a quem chamam "Irmão" e a senhora idosa do xale.

Subitamente vejo levantar-se, dentro do bosque, o engenheiro que se dirige apressado para o pavilhão. Experimenta a porta, que encontra fechada; encosta-lhe com força um ombro e dá um grande impulso ao corpo. A porta cede com grande ruído de madeira partida. Luíza Falkenberg segue-o de perto.

— Doido, doido — repete a rir.

— Doido por que? O amor é uma coisa violenta que não deve conhecer obstáculo, o amor não deve ser escorregadio e mole como a glicerina, mas áspero e explosivo como a nitroglicerina.

Ela protesta, ri, diz ainda uma vez "doido", mas entra com ele no pavilhão.

É lá com eles!

Mas aí vêm agora o gordíssimo capitão e a sua companheira do xale; penso, de repente, que podem entrar no pavilhão e surpreender a senhora e o engenheiro, que, decerto, não ficarão muito satisfeitos de assim serem descobertos. Procuro em torno de mim alguma coisa com que possa avisá-los. Deito a mão a uma garrafa que ali está ao pé de mim, reunindo todas as minhas forças, arremesso-a na direção do pavilhão, procurando alcançar o telhado. Acerto. Um grande barulho de telhas quebrada e um grito de mulher. Segundo depois, sai ela a correr, seguida do engenheiro que inda a segura pelo vestido. "Deixe-me, deixe-me, não me persiga". Mas a juventude dele é mais forte que a prudência dela. Nada o deterá.

O capitão continua a andar placidamente ao lado da companheira. Nada ouviram; o amor dos velhotes fizera-lhes mudo o mundo e os ouvidos surdos. A ternura deles tem qualquer coisa de surpreendente e enternecedor. Ele deve ter cerca de sessenta anos, ela quarenta.

O capitão falava:

— Até hoje fiz tudo quanto me foi possível para calar estão paixão; mas, decididamente, esta noite tornou-se insuportável o meu sofrimento. Tem de ser, há de ser minha, porque me enfeitiçaste com a magia dos teus olhos.

— Meu Deus! Nunca pensei que o caso fosse tão sério — respondia ela, para ajudá-lo e, talvez, encorajá-lo.

— Sim, é muito sério. Tem de acabar, ouviste? É preciso que isto acabe. Viemos do bosque: até há um quarto de hora estava convencido de que ainda poderia esperar mais esta noite, mas deste momento em diante sinto que não posso mais. Volta comigo para o bosque, vem.

— Escuta, eu queria fazer qualquer coisa por ti, fazer o que queres...

— Obrigado — interrompeu ele.

Abraçou-a ali mesmo no meio do caminho, apertando a sua à barriga dela. Aqueles ventres assim unidos tinham o aspecto de duas coisas grandes e calcitrantes que se empurram uma à outra.

— Larga-me, larga-me pelo amor de Deus — suplicava a senhora do xale.

Ele deixou de a apertar por um instante e de novo a enlaçou nos seus braços gordos. De novo os ventres se chocaram, se empurraram, se contradisseram. — "Voltemos para o bosque, voltemos" — implorava o capitão.

— É impossível, não é decente — afirmava a senhora.

— Toda a gente vai reparar e depois o chão está todo molhado de orvalho.

Mas o capitão estava cheio de palavras de amor, que deixou transbordar abundantemente.

— Os teus olhos, os teus olhos! Antigamente eu não fazia caso dos olhos. Olhos azuis, olhos verdes, um olhar, escuros!...

— Sim, são escuros — concordou ela.

— Queimam-me esses olhos, calcinam-me.

— É verdade, os meus olhos devem ter alguma coisa — disse a senhora que começava a tornar-se menos esquiva — já o meu marido...

— E eu então — gritou o capitão — se te tivesse encontrado há quinze anos, juro-te que perdia a razão. Vem, o bosque não deve estar tão molhado como pensas. O orvalho também tem os seus encantos.

— É talvez melhor entrarmos — propôs ela.

— Entrar para quê? Em casa não há um único lugar onde nos deixem a sós.

— Teremos de inventar esse lugar, temos de encontrar um lugar!

— Bem, entremos, o lugar há de aparecer com certeza, porque isto não pode ficar assim — concluiu o capitão filosoficamente.

Fiquei à janela, meditando se aquela garrafa que atirei no pavilhão terá sido *apenas* para avisar quem lá estava.

De madrugada, às três horas, ouvi o criado levantar-se para ir tratar dos cavalos. Às quatro, bateu no teto do meu quarto para acordar-me. Deixei-lhe a honra de levantar-se antes de mim. Poderia até tê-lo acordado. Não dormi; numa terra como esta, onde o ar é fino e leve, não cansa passar uma noite ou duas em claro. Estava disposto e alegre; da minha insônia não restava o mínimo torpor.

O meu companheiro partiu para o campo. Vi-o ir à cocheira escolher dentre os cavalos dos hóspedes os que mais lhe convinham para a charrua. Levou os de Isabel, uns grandes cavalos do campo, pesados e de enormes patas.

CAPÍTULO II

Continuam a chegar convidados a Oevreboe; as festas não cessam. Nós os criados, trabalhamos sem descanso, espalhando pela terra o estrume, cavando, lavrando. Aqui e além começam a verdejar os primeiros brotos de semente germinada que rompem a terra. Olhá-las é para nós um prazer. Germinam do nosso trabalho.

Tudo correria pelo melhor, não tivéssemos de vez em quando luta para vencer as caturrices do capitão Falkenberg. "Desistiu de tudo — diz às vezes o meu companheiro — indiferente à própria inteligência e prosperidade". Efetivamente o capitão parece alheio a quanto o cerca, moroso, como que bestializado. O tédio só lhe abandona a expressão quando está diante dos hóspedes, com quem procura ser um dono de casa encantador. Deve ser-lhe essa, hoje, a única preocupação.

Durante muitos dias ninguém na verdade repousou. Nem os animais dos estábulos podiam dormir sossegadamente, tal o barulho das festas durante a noite. As criadas tinham de trabalhar levando de comer e beber aos convidados, numa lida constante, e quando finalmente se recolhiam para dormir, aqueles muitas vezes ainda iam procurá-las nos quartos e sentavam-se nas camas para conversar, naturalmente porque estavam despidas.

A nós, os simples operários, não nos interessavam as loucuras dos convidados do patrão, mas a verdade é que tínhamos mais vergonha que honra em servi-los. O rapaz, meu companheiro, chegou mesmo a arranjar um emblema de uma sociedade de temperança, que trazia ostensivamente ao peito em sinal de protesto.

Um dia eu estava no campo a trabalhar, quando vi encaminhar-se em minha direção o capitão; chegou-se a mim e ordenou-me que atrelasse os cavalos para o conduzir à estação onde ia esperar dois novos convidados. Era de tarde, entre a merenda e o jantar: "Hein — pensei — por que será que o capitão se dirige a mim e não ao criado?... Querem ver que o emblema está produzindo resultados?" Efetivamente parecia acabar de levantar-se da cama. Talvez se sentisse um pouco envergonhado com o protesto do meu companheiro.

O capitão compreendeu que eu hesitara e, sorrindo, disse:

— Tens medo que Nils se ofenda? Nesse caso poderei falar-lhe primeiro.

Nils era o criado.

Naquela ocasião, por nada deste mundo poderia eu deixar que o capitão procurasse Nils. Via-o do outro lado do campo, lavrando com dois cavalos dos convidados atrelados à charrua, e tinha-me pedido que lhe fizesse sinal se aparecesse o patrão. Peguei no meu lenço e, fingindo enxugar o rosto, agitei-o para que de longe percebesse o meu aviso. Nils viu-o e imediatamente desatrelou. "Que se irá passar agora? — pensei. — O bom Nils com certeza arranjará meios de se tirar do apuro!" Apesar de estarmos em plena hora de trabalho, vejo-o recolher calmamente os cavalos.

Se eu pudesse reter alguns momentos o capitão! O criado começa a compreender que o caso se torna sério e continua levando os cavalos para o lado da cocheira; principia mesmo a tirar-lhes os arreios.

O capitão começa a estranhar a minha atitude e pergunta-me:

— Que aconteceu?

— Nils desatrelou a charrua. Receio que lhe tenha sucedido algum percalço.

— E então?

— Não, isto foi simplesmente uma idéia que me passou pela cabeça...

Mas de que serve tanta hipocrisia? Devo ajudar um pouco o pobre Nils, porque chegou agora a altura de lhe tocar a ele o embaraço. Fui direto ao fim do meu pensamento e disse:

— É que estamos precisamente no mais aceso dos tempos de trabalho. A semente começa a germinar em muitos campos, e nós nem ao menos temos todos os nossos semeados...

— Deixa germinar, deixa germinar!

— Temos doze acres para lavrar e cultivar; o pobre Nils já trabalhou em mais de catorze acres de cereais. Pensei que talvez o capitão se não importe de modificar um pouco as ordens.

O capitão, sem me responder, rodou nos calcanhares e deixou-me sem mais uma palavra.

"Estou despedido!" — pensei. De qualquer modo, para cumprir-lhe a ordem, segui-o na direção das casas, levando pelas rédeas o meu cavalo.

Já estava completamente descansado quanto à sorte do meu companheiro. Quase a chegar à casa, ao grito do capitão: "Pára!" fez ouvidos de mercador, e continuou a andar no firme propósito de entrar antes deste o ter alcançado.

Quando chegamos à cocheira, já Nils tinha conseguido meter os cavalos nos seus lugares.

— Por que desatrelaste? — perguntou o capitão.

— A charrua partiu-se, e recolhi os animais para a poder consertar; não deve levar muito tempo.

O capitão ordena:

— Preciso um homem que vá à estação com a carruagem.

O criado lança-me um olhar desesperado e resmunga:

— Hein! Não sei... haverá alguém que possa ir?

— Que está a resmungar?

— Somos só dois homens e uma criança para os trabalhos — respondeu o criado. — Parece-me pouco, para ainda se tirar alguém do serviço.

Mas o capitão desconfiança de alguma coisa com respeito aos cavalos que andavam no campo; entrou na cocheira e facilmente reconheceu quais os animais suados da caminhada. Saiu enxugando as mãos ao lenço:

— Tu lavras com os cavalos dos meus convidados, Nils? Pausa.

— Não quero que isto se repita.

— Hein? Não... Sim... — reponde o criado.

Depois, num assomo, zangou-se e continuou: "Este ano temos em Oevreboe mais serviço que nos outros; nunca tivemos tanta terra para desbravar. E estes cavalos estranhos a ficarem na cocheira dias e dias sem fazer nada, só a comer e beber. Peguei-os e fi-los dar uma volta pelo campo, quando mais não seja, para desforrar a água que lhes damos. Só lhes pode fazer bem um pouco de movimento, e a mim faz-me muito arranjo".

O capitão repetiu num tom ríspido:

— Não quero que isto se repita, ouviste Nils?

Pausa.

— Escuta Nils — disse eu — não me falaste ontem que um dos cavalos de charrua aqui da casa está doente?

Nils apanhou depressa a deixa:

— É certo, sim. Ontem à noite vi que começava a tremer com febre, de maneira que esta manhã não o deixei sair.

O capitão olhou-me de alto a baixo:

— Que está tu aí a fazer?

— O capitão mandou-me atrelar a carruagem para o levar a estação.

— Então, apronta-te.

Mas tão prontamente como o capitão, Nils retorquiu:

— Não, isso não pode ser.

— Bravo, Nils! — pensei. O rapaz tinha tanta razão no que estava a dizer que dificilmente se lhe poderia negar o direito de falar. De resto, os nossos cavalos estavam magros e cansados do excesso de trabalho e os dos hóspedes não faziam absolutamente nada.

— Não pode ser? — repetiu o capitão abismado.

— Se o patrão mandar o meu ajudante à cidade levar o carro e me deixar sozinho com todo este trabalho às costas, despeço-me do seu serviço.

O capitão foi até à porta e olhou distraidamente para fora, mordiscando as pontas do bigode e refletindo.
— Nem o garoto podes dispensar?
— Não, nem mesmo o garoto posso dispensar. Está no campo gradando, e lá o preciso.
Assim se passou o nosso primeiro conflito com o capitão. E fomos nós que vencemos. Muitas vezes mais houve pequenas escaramuças que facilmente vencemos também, porque a razão estava sempre do nosso lado.
— Há uma caixa na estação que é necessário ir buscar; talvez o pequeno não faça falta e a possa trazer — disse ele um dia.
— O garoto está-nos a fazer o serviço de um homem neste momento. É ele quem grada a terra toda — respondeu o criado. — Se tiver de ir à estação, só estará de volta amanhã à noite; é dia e meio perdido.
"Bravo Nils!" — tornei a pensar, já se tinha falado dessa caixa que estava na estação. Sabíamos que continha vinhos e outras bebidas para os convidados. As criadas tinham ouvido uma conversa nesse sentido.
Trocaram ainda algumas palavras e, como o patrão insistisse, Nils picou-se e acabou por dizer:
— Pois se me tira o garoto, também me vou embora.
Voltou-se para mim e perguntou:
— Se eu for, tu ficas?
Tínhamos combinado a cena toda, de maneira que respondi:
— Vou.
O capitão inclinou-se ironicamente e, sorrindo, disse-nos: "É uma verdadeira conspiração, mas devo concordar que tanto um como outro, em parte, tem razão. Demais, são ambos bons empregados; submeto-me".
Se nós éramos ou não bons empregados não o sabia o capitão, que pouco ou nada vigiava o nosso serviço. Raramente se dignava deitar uma vista de olhos pelas terras e aliás teria notado que nunca tamanha extensão estivera semeada e cuidada. Mas nós, os criados, trabalhávamos por amor à arte e zelo pelas coisas do patrão. Éramos assim.

Éramos assim!

Nós mesmos, entretanto, consultando as nossas consciências, talvez duvidássemos desse zelo. Era muito possível que não fosse a origem tão nobre quanto a aparência. O criado, que era da povoação mais próxima, tinha a honra a salvaguardar e não queria, portanto, terminar o trabalho muito depois dos outros lavradores; por isso trabalhava. Eu, de meu lado, tinha a esperança que a senhora notasse o meu esforço e me agradecesse. Melhor do que isto nenhum de nós era.

Dias depois, vi Luíza Falkenberg mais de perto pela primeira vez. Foi numa tarde, quando eu saía da cozinha. Atravessou o pátio e respondeu ao meu cumprimento com um "Bom-dia" distraído. Vinha sem chapéu, esbelta como sempre e com aquele rosto tão jovem e cândido.

Impossível que tudo houvesse terminado entre ela e o marido; e os acontecimentos que vou narrar disso me convenceram.

Ragnilde, a criada de quarto, era a grande amiga e a espia da patroa. Observava, comentava e contava-lhe tudo quanto se passava; parava na escada para ouvir as conversas, e era em casa a última pessoa que se recolhia. Quando estava a escutar e a chamavam, saía muito depressa e respondia "já vou" da rua. Era uma linda rapariga de olhos brilhantes, além do que tinham também o sangue extremamente quente. Uma noite surpreendia-a junto do pavilhão, mexendo cautelosamente nos maciços de lilases. Viu-me e estremeceu, fez um gesto de aviso na direção do pavilhão e fugiu apressada.

O capitão estava ao corrente de todas as funções de Ragnilde. Uma noite disse à mulher, em presença de todos, sem dúvida embriagado e desesperado por qualquer razão:

— Esta Ragnilde é uma intrigante. Não compreendo por que razão ainda a não pus na rua.

Luíza Falkenberg respondeu:

— Não é a primeira vez que queres despedi-la. É uma tolice, nunca tivemos melhor criada.

— Talvez para o gênero de serviço a que se dedica não seja de fato má — concluiu o capitão.

Tudo isto me deu que pensar. Talvez a senhora a tivesse em casa por astúcia, para convencer o mundo de que a conduta do marido não lhe era de todo indiferente. Assim, aos olhos dos estranhos a pobre senhora teria a aparência de morrer de ciúmes e mandar, por isso, espionar o marido; talvez, desse modo, convencesse os hóspedes todos de que o mau comportamento era dele e que, portanto, era ela a vítima. O mundo dar-lhe-ia, pois, razão de aproveitar a vida por outro lado, visto em casa lhe serem negados os direitos de esposa. Seria isso?

Tempos depois, tive de convencer-me de que esta minha opinião não era ainda a verdadeira.

Passados alguns dias, o capitão Falkenberg mudava de tática. Apesar de toda a diligência, não pudera furtar-se à vigilância de Ragnilde, quando estava sozinho com Isabel dentro de algum quarto, ou quando altas horas da noite entrava no pavilhão com alguma companhia. Fez então, para defender-se dela, um recuo estratégico. Principiou a dizer-lhe amabilidades. Oh! oh! Nesta nova maneira havia dedo de mulher; devia ter sido Isabel quem o ensinou a proceder assim. Era capaz disso e de muito mais.

Nós, os criados, estávamos um dia sentados em volta da comprida mesa de jantar, na cozinha. A patroa também se achava presente e as criadas todas, quando o capitão entrou, vindo da sala, com uma escova na mão.

— Escova-me o casaco, Ragnilde.

Ela obedeceu e, quando acabou ele lhe disse sorridente:
— Obrigado, minha amiga.

Luíza Falkenberg olhou surpreendida e imediatamente deu à criada uma ordem qualquer, que tinha de ser cumprida sem tardança. O capitão viu-a sair e continuou:
— Tem uns olhos lindos esta pequena!

Sorrateiramente observei a senhora. Passou-lhe pelos olhos, como que um clarão e corou, corou muito. Chegada que foi à porta, voltou-se para nós; nessa altura, porém, já perdera inteiramente a cor e estava pálida como um cadáver:

— Efetivamente estou achando que Ragnilde tem olhos bonitos demais.

O capitão perguntou admirado:

— Sim?

— Sim, redargüiu ela — pareceu-me que a pequena principia a entender-se bem demais com o pessoal do serviço, — e olhava para nós com certo ar entendido. Na cozinha fizera-se completo silêncio. — É melhor que vá embora — concluiu.

Estas palavras eram o cúmulo da desfaçatez, mas todos nós percebemos que apenas servíamos de pretexto e calamo-nos. Além disso, em nossa posição de criados, que se haveria de fazer?

Quando saímos, o meu companheiro disse, indignado:

— Talvez devesse entrar a responder-lhe ao pé da letra.

Mas todos achamos que não valia a pena preocupar-nos com tão pouco; de resto, a coisa era lá entre eles. Desistiu de reclamar e fui eu quem o convenceu a permanecer quieto.

Alguns dias decorreram. O capitão achou mais uma oportunidade para dizer a Ragnilde outra grosseira amabilidade na presença da mulher:

— Lindo corpo que tu tens...

Era espantoso o tom em que atualmente se falava na casa do capitão. De ano para ano se tinham aviltado e acanalhado; os convidados péssimos, a contribuição da bebida e da ociosidade, tiveram sua parte e, afinal, a ausência de crianças dera o golpe de misericórdia na moralidade daquele lar.

Essa mesma noite Ragnilde veio contar-me que fora despedida; a patroa fizera uma alusão qualquer às suas relações comigo.

Mais uma velhacaria. Demais tinha ela a certeza de que eu não me demoraria muito tempo em Oevreboe; era, portanto, inútil servir-se de mim como corpo de delito. Mas, como, no fundo, a sua idéia era somente contrariar o marido, eu servia perfeitamente.

Ragnilde estava desolada e choramingava, enxugando a todo o momento os olhos. Após muito se lastimar e de eu lhe dizer que me iria embora dentro de pouco tempo, serenou com a esperança de ser readmitida depois que eu partisse.

O capitão e Isabel tinha razão para estarem sossegados e felizes. A perseguidora e espia, sem dúvida, ia deixar-lhes o campo livre.

Mas que sabia eu da situação? Havia decerto nas minhas conclusões alguma coisa de errado. Novos acontecimentos transtornaram o balanço que eu fizera daquelas personagens e me levaram a mudar pela segunda vez de opinião. Ah! Como é difícil conhecer o coração humano!

Desta vez compreendi claramente que Luíza Falkenberg estava de fato com ciúmes do marido. Não era uma simples atitude tomada para libertar-se dos comentários do mundo. Longe disso. Também não havia probabilidade de que desconfiasse da criada. Dava aos seus atos essa aparência, mas era ainda um ardil de que lançava mão para conseguir os seus fins. Corara aquela noite na cozinha, ou por cálculo, ou por acaso, mas certamente não fora por ciúmes da criada.

Aliás, não se importava que o marido a julgasse ciumenta de Ragnilde; era mesmo esse o alvo que visava. Por esta forma dir-lhe-ia claramente: "Sim, é verdade, é ciúme o que sinto. Vês? Ainda gosto de ti como dantes, sou tua, já que tenho ciúmes!" A senhora era melhor do que eu a princípio imaginara. Durante muitos anos os esposos tinham vivido separados um do outro por indiferença e por orgulho; agora, era ela quem queria dar o primeiro passo para a reconciliação e de novo demonstrar ternura. Era assim o seu pensar, mas o que de modo nenhum queria era mostrar ciúmes daquela que mais do que todas a preocupava: Isabel, essa amiga perigosa, mais nova que ela tantos, tantos anos.

Não havia dúvida: assim era.

E o capitão? Teria de fato sentido algum prazer quando, por sua causa, vira aquela mulher tão bonita perturbar-se? Talvez. É possível que alguma recordação longínqua lhe tenha esvoaçado no cérebro; um vago sentimento de orgulho, uma parcela de ternura, uma furtiva alegria. Mas nenhuma emoção deixou transparecer. Naturalmente lhe recrudescera o orgulho durante aqueles anos de separação. Pelo menos era essa a impressão que causava.

É então que sobrevêm os acontecimentos aos quais me refiro.

CAPÍTULO III

Há muito tempo que Luíza Falkenberg representava diante do marido a comédia da indiferença. Fingia ser indiferente à indiferença dele e deixava-se acidentalmente cortejar pelos seus hóspedes. Agora já se despediam os convidados. Diariamente partiam hóspedes, mas o gordo e jovial "Irmão" e a senhora do xale permaneciam, assim como permanecia o engenheiro Lassen. "Instala-te para todo o tempo que te apetecer" — devia pensar Falkenberg. E não sentiu a mínima emoção ao ver que a mulher tratava publicamente por "tu" o engenheiro e chamava-o simplesmente de Hugo, como o próprio capitão o fazia. "Hugo!" — chamava elas às vezes, e o capitão elucidava: "O Hugo desceu para o jardim!"

Uma tarde ouvi o capitão responder com certa ironia, mostrando com o dedo o bosque dos lilases. "O reizinho Hugo espera-te no seu reinado!" Ela estremeceu e, rindo para disfarçar o embaraço, desceu ao encontro do engenheiro.

Conseguiu nesse dia arrancar uma parcela de ciúme ao marido; iria, certamente, tentar arrancar segunda.

Passou-se isto num domingo.

Essa tarde a senhora estava extraordinariamente agitada; falou-me e dirigiu-me mesmo algumas palavras amáveis, reparando no muito que Nils e eu tínhamos trabalhado.

— Lars foi ao correio buscar para mim uma carta que espero com muita impaciência — disse. — Faz-me o favor de subir até a casa dele ou procurá-lo à entrada da clareira pra ma trazeres depressa.

Respondi "sim" cheio de alegria.

— Lars não chegará certamente antes das onze horas, de maneira que escusas de te apressar.

— Bem — respondi.

— Quando voltares entrega a carta a Ragnilde.

Era a primeira vez, desde que me encontrava em Oevreboe, que Luiza Falkenberg me dirigia a palavra. Pareceu-me uma maravilha e tive a sensação de que dentro de mim alguma coisa ressuscitava. Pensei ainda: "É idiota continuar a fingir que sou um estranho na quinta, de mais a mais não há motivo para continuar a usar esta maldita barba que me envelhece e me dá um aspecto de velhote sujo". Peguei a navalha e barbeei-me.

Às dez horas, mais ou menos, fui até à clareira. Lars ainda não tinha chegado, mas conversei com Ema um bocado. Por fim chegou, deu-me a carta e voltei para casa. Já devia ser quase meia-noite.

Não consegui encontrar Ragnilde, e as outras criadas já há muito estavam deitadas. Olhei para o lado do bosque de lilases e de longe vi que o capitão e Isabel conversavam sentados na mesa de pedra. Não repararam em mim. Vi que havia luz no quarto de Luíza Falkenberg e de repente passou-me pela cabeça que devia estar, naquele momento, com o mesmo aspecto que tinha há oito anos. Tinha a barba feita como nesse tempo. Tirei a carta da algibeira e resolvi ir eu mesmo entregá-la à senhora.

No patamar da escada encontrei Ragnilde que caminhou para mim nos bicos dos pés. Senti no rosto o seu hálito quente e disse-me ao ouvido, num tom de voz muito excitado: "Não digas nada, desce devagarzinho". Obedeci e fui postar-me na janela do meu quarto. "Ragnilde tinha toda a aparência de quem estava fazendo um serviço de espionagem" — pensei.

De onde estava via facilmente, no bosque dos lilases, o capitão e Isabel que ainda conversavam. Bebiam vinho. No quarto de Luíza Falkenberg a luz continuava acesa.

Passaram-se alguns minutos e apagou-se.

Um instante depois, ouvi passos rápidos subirem a escada da casa de habitação e, involuntariamente, olhei para ver se seria o capitão. Mas este continuava no seu posto, conversando com Isabel.

Então ouvi os mesmos passos descerem, seguidos de outros que também desciam. Pela porta vi sair Ragnilde, acompanhada da senhora que trazia na mão a carta, a qual alvejava na penumbra; atrás das duas, o engenheiro. Luíza Falkenberg tinha os cabelos despenteados e caídos pelas costas abaixo. Ambos, ela e ele desceram pelo caminho que conduz à estrada.

Ragnilde entra no meu quarto como um relâmpago, atira-se num tamborete e mal tem fôlego para me contar: Tinha assistido essa noite a coisas espantosas, dizia. "Fecha a janela! A senhora e esse engenheiro são duma imprudência!... Pouco faltou, pouco faltou para que tivessem feito tudo. Ele ainda a tinha nos braços quando entrei com a carta. Imagina, no quarto dela e com a luz apagada!"

— Endoideceste, Ragnilde!

A astuciosa pequena, tal era o seu hábito de espionar, que não tivera escrúpulo de espiar a própria patroa. Pelo decorrer da conversa não era difícil constatar que o tinha feito.

A princípio quis ser "grande", e neguei-me a ouvir o que contava. Tinha espionado, era uma vileza; não queria ouvir.

— Mas foi ela quem me obrigou — dizia, desculpando-se. — Queria que eu entrasse com a carta exatamente no momento em que a luz se apagasse, e como as janelas do quarto dão precisamente para o bosque, onde o capitão se encontrava, não podia espreitar a luz desse lado, de maneira que tive de olhar de vez em quando pelo buraco da fechadura, a ver se a luz ainda estava acesa.

Assim já o caso me parecia um pouco mais simples.

Ragnilde, de repente, encheu-se de admiração pelo engenheiro:

— Santo Deus, que homem, que grande homem! O maroto ia conseguindo tudo da patroa. Foi só por um fio que escapou!

O ciúme aguilhoou-me; que teria ele conseguido? Deixei de me querer tornar "grande" e interroguei-a.

Ragnilde estava perplexa e não sabia como principiar a sua história. A senhora lhe havia dito que eu fora buscar uma carta para ela, e, quando a carta chegasse, tinha ordem de ir entregá-la no quarto. "Mas não entres enquanto a luz se não apagar". Como a carta demorasse, começara a pensar e achava tudo aquilo muito estranho. Enquanto esperava, fizera o possível para compreender alguma coisa. Ouvia, no quarto, a senhora conversando com o engenheiro e pusera-se à escuta. Vira pelo buraco da fechadura a senhora desmanchar os cabelos, ao passo que ele dizia que assim despenteada a achava linda. Depois beijou-a!

— Na boca? Não, isso não!

Ragnilde viu a minha comoção e quis acalmar-me.

— Na boca é possível que não tivesse sido, o engenheiro não tem uma boca bonita, pelo menos eu não acho que tenha. Mas que bem barbeado está hoje: chega-te ao pé da luz para eu poder ver melhor!

— Mas a senhora, que dizia a senhora, não se defendia?

— Sim, defendia-se, certamente defendia. Chegou mesmo a gritar.

— Ah! ela gritou? E depois?

— Depois o engenheiro dizia: "chut". E cada vez que a senhora falava alto, ele repetia "chut". "Toma cuidado que nos podem ouvir!" — "Não me importa que me ouçam — respondia ela — estão ali os dois debaixo dos lilases, como dois namorados." — "Sim, estão — dizia ele — mas não te ponhas assim à janela com os cabelos desfeitos". Foi buscá-la e conseguiu de novo trazê-la para dentro. Depois se sentaram e ele continuou dizendo-lhe muitas coisas baixinho. Ela de vez em quando dizia "ai", mas logo se calava e sorria. Estava muito apaixonada por ele.

— Ah!

— Sim, senhor, estava muito apaixonada. Via-se perfeitamente. Ele curvou-se sobre ela e agarrou-a com ambas as mãos, olha, assim.

— E ela deixou?

— Deixou e estava muito quieta. Depois se levantou e tornou a ir à janela. Quando voltou para dentro, chegou-se a ele e lhe deu um grande beijo. Foi ela quem quis o beijo, senão não lho teria dado. Um beijo naquela boca tão feia! Ele começou novamente a falar e dizia-lhe: "Agora que estamos sozinhos longe de toda a gente, não me faças suplicar mais ainda! Enquanto dizia isto, carregou-a ao colo e levantou-a nos braços. "Não, deixa-me" — gritou ela.

— E depois, depois? — perguntei já quase sem respiração.

— Então chegaste tu com a carta e desse momento em diante nada mais pude ouvir, porque tive de abandonar o meu posto. Quando voltei, a chave da porta deixara de estar na mesma posição, naturalmente porque a fecharam, e a fresta por onde eu espreitava tinha diminuído tanto que quase nada se via. Mas ouvira a senhora dizer: "Não, não! Isso não faças, é preciso resistir!" Tinha-a evidentemente nos braços e tentava convencê-la. Depois a voz dela mudou e disse: "Sim, mas espera, deixa-me um instante!" Ele então deixou-a e senti os seus passos no chão. "Apaga a luz" — disse ela. Chegara o momento de eu entrar, porque a senhora me prevenira que entrasse logo que visse a luz apagada, mas eu não sabia se devia ou não...

— Certamente — gritei — certamente que devias ter entrado; que mais esperavas?

— Escuta, mas se tivesse entrado logo assim a seguir, a senhora perceberia que me achava atrás da porta e não era essa a ordem que me dera. Refleti um instante e lembrei-me de correr nos bicos dos pés pela escada a baixo e tornar a subir andando pesadamente para que pudessem ouvir os meus passos. Foi o que fiz. Quando cheguei à porta, bati com força e a senhora veio abrir. O engenheiro ainda estava agarrado a ela; não me via nem me ouvia. "Não te vás embora, fica ao pé de mim, não me deixes" — implorava. Tinha perdido de tal maneira a cabeça, que não fazia cerimônia. Mas ela saiu comigo. Deus me livre de ter chegado um bocadinho mais tarde. Mesmo assim já faltava tão pouco...

Passei uma longa noite de agitação.

Na manhã seguinte, enquanto estávamos em casa almoçando, ouvi as criadas murmurarem que houvera longa explicação entre o casal Falkeberg. Ragnilde estava ao corrente dos fatos. O capitão notara os cabelos despenteados e soltos da mulher e a luz apagada ontem à noite. Rira-se muito e cinicamente troçara. "Estavas linda!" A pobre senhora respondera sem habilidade: "De qualquer maneira é forçoso que de vez em quando desfaça os cabelos, a ti não te devia isso importar; não são teus!"

Nesta altura Isabel entrara também na questão. Essa tem a língua mais desenvolta e a resposta mais pronta. Mas Luíza Falkenberg pensou poder levá-la a parede e disse: "É verdade, nós estávamos em casa, mas vocês estavam debaixo dos lilases", ao que a outra respondeu acerbamente: "O caso é que não tivemos de apagar as luzes". Luíza Falkenberg retorquiu: "Não tem importância que tenhamos apagado as luzes, visto que saímos logo a seguir!"

Pobre senhora, pensei, mas por que não dirá ela que tinha apagado a luz precisamente *por que saíra?*

O caso por esta vez não teve maiores conseqüências, mas pouco tempo depois o capitão fez uma alusão à diferença de idade, que havia entre a mulher e Isabel: "Devias usar sempre os cabelos caídos, fica-te muito bem, dá-te um não sei quê de *juventude*". A senhora ainda se quis conter, mas quando viu o sorriso de troça da outra, perdeu completamente a cabeça e disse-lhe que tratasse de se pôr no meio da rua. Isabel, as mãos nas ancas, gritou: "Pois bem, vou embora, mandem atrelar o meu carro". O capitão imediatamente correu para ela e disse: "Está bem, eu mesmo te conduzirei!"

Ragnilde estava próximo deles e ouvira tudo.

Pensei de mim para mim: "Estes dois tiveram ciúmes um do outro: ela porque ele estava no bosque com Isabel, ele porque ela estava com os cabelos caídos e apagara a luz.

Quando saímos da cozinha, depois do almoço, o capitão, que acabava de atrelar os cavalos ao carro de Isabel,

chamou por mim e disse: "Escuta, não devia pedir-te agora que são horas de descanso, mas talvez não te importasses de consertar num instante a porta do pavilhão.
— Sim — respondi.

A porta ficara em muito mau estado desde que o engenheiro a forçara; por que razão queria o capitão a porta consertada, precisamente agora que ia ausentar-se: Isabel partiu, o pavilhão tornava-se-lhe inútil, a não ser que a sua idéia fosse deixá-lo fechado para que não pudesse servir a outro par de namorados, durante a sua ausência. Assim interpretado, o seu gesto era significativo.

Peguei nas ferramentas e desci para o bosque dos lilases.

Pela primeira vez entrei no pavilhão. Era uma construção recente; oito anos antes não existia. Dentro, uma grande e espaçosa sala, com quadros dependurados nas paredes no fim do percurso. Cadeiras estofadas, uma mesa redonda, um grande divã de molas guarnecido de peluche encarnada. Os estores estavam baixados. Primeiro substituí no telhado algumas telhas que eu havia quebrado quando atirei a garrafa vazia, e em seguida desparafusei a fechadura para ver o que faltava. Logo que principiei o meu trabalho, apareceu o capitão: devia já ter bebido muito, ou então tinha ainda uma grande dose do vinho bebido na véspera:

— O arrombamento não deve ter sido para roubar. Talvez alguns dos meus convidados a tenha aberto à força para entrar, a não ser que ela mesmo se tenha escangalhado por bater com o vento. De qualquer modo, quero-a agora um pouco mais forte — disse.

Mas a porta fora seriamente danificada quando a forçaram; a lingüeta saltara fora e a parte aparafusada na parede retorcera-se toda.

— Mostra-me essa fechadura! É preciso um prego novo aqui e firmar a mola — disse o capitão.

Luíza Falkenberg desceu os degraus de pedra que levavam ao bosque dos lilases e gritou:

— Está aí o capitão?

— Sim — respondi.
Aproximou-se. Tremia de emoção.
— Queria falar-te a sós, dizer-te duas palavras.
O capitão respondeu sem se levantar do banco onde estava sentado:
— Faze o favor, sou todo ouvidos. Queres sentar-te ou ficas em pé? — Depois acrescentou, vendo que tencionava ir-me embora para os deixar à vontade:
— Fica, podes continuar o teu trabalho; não tenho muito tempo a perder.
Sem dúvida queria a porta e a fechadura consertadas, para poder levar a chave quando se fosse embora.
Luíza Falkenberg começou a falar, num tom embaraçado:
— É possível que tenha excedido... fui, talvez, um pouco brusca...
O capitão continuava calado.
Mas que ele se calasse, quando ela tentara um passo de reconciliação, era demais para o seu orgulho, e acabou por dizer:
— Aliás, tudo isso não tem importância.
Voltou as costas e fez menção de partir.
— Pensei que me querias falar — disse ironicamente o capitão.
— Há pouco queria, mas agora reconsiderei e acho que tudo está muito bem assim — respondeu ela.
Ele riu. Estava sem dúvida bêbedo e irritadiço.
Quando a senhora passou diante de mim, virou-se para ele e disse ainda:
— Não devias ir embora hoje, já se murmura demais a nosso respeito.
— O melhor que tens a fazer é não ouvires o que murmuram!
— É uma vergonha, e ainda maior vergonha que sejas tu a não querer compreendê-lo.
— Seremos então dois a suportar a vergonha — respondeu descaradamente o capitão, e olhava distraidamente os muros em volta de si.

Peguei na fechadura e dispunha-me a sair, quando o capitão me tornou a chamar.

— Não te vás embora, tenho pouco tempo.

— Sempre te vais? — disse tristemente a senhora. — Devias, contudo, refletir. Também eu ultimamente tenho refletido e tu não queres compreender nem te esforças para me auxiliar.

— Que queres tu dizer? — perguntou ele, arrogante. — Talvez a tua maneira de refletir seja soltar os cabelos e apagar a luz?

— Capitão — disse eu — tenho de ir à oficina com a fechadura para a mandar soldar — e fugi.

Estive ausente muito mais tempo do que o necessário para o conserto, mas quando voltei ainda discutiam no pavilhão. A senhora dizia:

— Compreendes o que eu fiz — rebaixei-me até mostrar o meu ciúme por uma criada... sim, pela criada simplesmente...

— E depois? — perguntou o capitão.

— Não, não, tu não queres compreender! Seja como quiseres. Mas dessa maneira tens de suportar as conseqüências!

Foram estas as últimas palavras. Ela saiu.

Eu já tinha retomado o meu trabalho e o capitão perguntou-me interessado:

— Já terminaste?

Percebi que o seu interesse era fingido e que tinha o pensamento longe dali. Pretendia somente fazer-se forte. Alguns instantes depois bocejou e disse: "Ainda tenho uma grande caminhada a fazer e Nils não se quer privar de um homem para conduzir o carro, de maneira que não tenho outro remédio senão ir".

Findo o conserto de fechadura, o capitão pegou na chave e experimentou-a; fechou a porta e meteu-a no bolso.

Decorrido algum tempo, entrou no carro e reconduziu Isabel.

— Não me demoro muito tempo — gritou à despedida ao gordo "Irmão" e ao engenheiro Lassen. — Divirtam-se.

CAPÍTULO IV

Veio a noite. Que iria agora acontecer, perguntava eu a mim mesmo, cheio de inquietação.
Afinal, aconteceram muitas coisas.
Já quando nos achávamos à mesa para a refeição da noite, reinava grande algazarra e imensa liberdade na sala onde os patrões jantavam. Era Ragnilde quem servia à mesa. Levava-lhes grandes bandejas cheias de garrafas e de comida; uma vez veio rindo à socapa e disse:
— Esta noite com certeza a senhora está bêbeda também.
Eu não conseguira dormir durante a noite passada e os acontecimentos da tarde ajudaram a esgotar a minha calma. Após o jantar, fui até ao bosque tomar ar e refazer os nervos. Demorei-me, estive só com os meus pensamentos e dominei a inquietação.
Donde me encontrava via ao longe a propriedade. Agora o capitão ausentara-se. Os criados tinham ido deitar-se e os animais dormiam nos estábulos. O gordo "Irmão" e sua dama tinham certamente procurado, depois do jantar, um lugar seguro em que pudessem dar largas aos seus devaneios amorosos. Era preciso que o capitão fosse um verdadeiro depravado para insistir daquela maneira indecorosa, junto da senhora do xale; gordo e velho como era, dava nojo. Assim Luíza Falkenberg ficava entregue ao moço engenheiro, mas onde se poderiam ter ido esconder?
— É lá com eles — dizia eu, pretendendo ficar indiferente.
Voltei para casa devagar, bocejando e quase gelado pela friagem da noite. Entrei no meu quarto. Pouco depois chegava Ragnilde, a qual me pediu que não dormisse para a ajudar, caso fosse preciso. Lá em baixo, na casa de habitação, todos faziam o que melhor lhes parecia. Andavam de quarto em quarto em camisa e estavam todos embriagados.
Ragnilde tinha sérias apreensões.
— A senhora também bebeu? — perguntei.
— Também.

— Também ela passeia em camisa pela casa?

— Não, mas o capitão despiu-se e ela gritou: "bravo"; o engenheiro fez o mesmo. Pareciam todos doidos. Eu ainda tive de lhes levar agora mais duas garrafas de vinho.

Ragnilde tinha medo do que estaria para acontecer.

— Vem comigo — disse — vais ouvir; agora estão todos no quarto da senhora.

— Não, vou-me deitar — respondi. — E acho que deves fazer o mesmo.

— Mas se tocarem, ou se for preciso qualquer coisa inesperadamente?

— Deixa-os tocar!

Então Ragnilde me revelou que o capitão lhe pedira, pessoalmente, que ficasse de pé toda aquela noite, para o caso da senhora precisar dela.

Estas últimas palavras da confidente mudaram por completo toda a situação. Por conseguinte, o capitão também tinha medo que acontecesse alguma coisa e pusera-a de guarda! Vesti o meu casaco e desci com ela até à casa dos patrões.

Subimos as escadas e paramos no corredor do segundo andar. No quarto da senhora falava-se alegremente e ria-se muito alto. Só ela conversava em voz clara e não devia estar nada embriagada.

Como eu gostaria de vê-la naquele momento!

Descemos para a cozinha, Ragnilde e eu, e sentamo-nos. Mas não podia estar quieto. Ao cabo de poucos momentos, peguei numa lanterna e convidei Ragnilde a acompanhar-me. Subimos as escadas de novo e pedi-lhe que chamasse a senhora, porque tinha algumas palavras a dizer-lhe.

— Que queres tu dizer-lhe? — perguntou ela espantada.

— Chama a senhora, tenho um recado para ela.

Ragnilde bateu e entrou:

Só nesse momento refleti: "Mas que demônio de recado irei dar-lhe?"

Podia simplesmente dizer-lhe: "O capitão pediu-me que lhe avisasse que ele mesmo teve de conduzir o carro de Isabel, porque Nils não pode dispensar um homem para isso", ou qualquer outra coisa neste gênero; mas um minuto leva, às vezes, muito tempo a passar e quando Luíza apareceu, já eu tinha maquinado um plano, que no fundo não seria melhor que o primeiro, mas livrou-me de embaraços.

Luíza Falkenberg perguntou-me, admirada:

— Que é que tu queres?

Ragnilde também se aproximou e olhava para mim com olhos interrogadores.

Dirigi o refletor da lâmpada para ela e disse:

— Desculpe-me vir tão tarde, mas como vou amanhã ao correio, não quis deixar de perguntar-lhe se espera receber alguma carta que eu possa trazer.

— Cartas? Não, obrigada; não espero nenhuma — e sacudia a cabeça.

Tinha o olhar vago, mas nada que se parecesse com o da embriaguez. Talvez se esforçasse para não mostrar que bebera.

— Então, desculpe-me — disse eu, e Luíza Falkenberg tornou a entrar no quarto.

Ragnilde e eu descemos as escadas. Certamente a senhora percebera que o meu oferecimento tinha sido pura invenção.

Em que humilhante situação me encontrava agora! Ragnilde, depois, explicou-me que o capitão a não pusera de guarda. Tudo fora mentira, e o que me dissera não era mais que uma artimanha para que a deixasse espreitar à vontade. Era assim o seu temperamento; tinha de andar constantemente envolvido em intrigas e tramóias.

Deitei-me cheio de apreensão e de susto. A senhora tinha percebido que o meu fim não era o que eu alegara. Bastava ver a maneira por que me tinha falado. Cheio de inquietação, prometi a mim mesmo não mais me importar com a vida dos outros: fizessem o que quisessem!

Estava deitado, porém vestido; não tivera calma nem paciência para tirar a roupa.

Após alguns momentos, a voz de Luíza Falkenberg chegava até mim pela janela aberta. O engenheiro acompanhava-a e falava-lhe. A senhora estava encantada com a temperatura tépida da rua: "Melhor que em casa" — disse.

Mas, agora era de supor que o som da sua voz já perdera um tanto da clareza.

Corri à janela e vi o par junto à escada do bosque dos lilases. O engenheiro parece ter sobre o coração um peso de que livrar-se. "Escuta um poucochinho" — dizia ele. Falava alto, como se fala a um surdo, certamente porque ela lhe fora durante tanto tempo surda aos rogos. Estavam ambos parados no topo da escada. O mundo deixara de existir para eles. Qualquer de nós os podia espreitar, ouvir... mas eles sentiam que a noite lhes pertencia, que as palavras lhes pertenciam, que a primavera lhes pertencia. Tudo os atraía, os unia um ao outro. O engenheiro parecia um felino. A cada movimento da senhora, movia-se e estava pronto a atirar-se como um gato. Quando o momento de agir chegou, teve um impulso brutal que quase a derrubou.

— Tenho implorado, tenho mendigado... há tanto, tanto tempo — dizia ofegante. — Ontem, quase cedeste, mas hoje dizes de novo que não, está de novo surda aos meus rogos. Tu, o "Irmão" e a velhota querem divertir-se e eu, eu que sou novo e forte, tenho de me sujeitar a servir de pajem às senhoras. Não, juro-te que não continuarei assim. Sinto-me humilhado. Sinto que tu és um jardim de delícias ao pé de mim, mas que existe entre nós uma barreira que me não deixa entrar. Sabes o que costumo fazer quando encontro diante de mim uma sede, sabes? — Estava excitadíssimo e afirmava: "Hoje tem de ser! Tem de ser!"

— Hugo, Hugo, que vais tu fazer? — perguntava ela, — és novo demais, bebemos muito; vamos embora.

— Ontem jogaste comigo um jogo desleal. Destes-me esperanças e depois, por causa daquela miserável carta, foste embora, como se a carta tivesse mais importância que o meu amor e as tuas promessas...

— Tens razão, nunca mais o farei.

— Não o farás — perguntou ele — mas que quer isso dizer? Vi-te vir ao meu encontro com um beijo, um beijo apaixonado na boca. A tua boca estava quente e senti, na tua língua, o movimento de todo o teu corpo que procurava o meu. Cala-te, nada digas agora. Senti-te; não me poderás tirar nunca o que me deste; aquela sensação terrivelmente deliciosa que me encheu de vida e de alegria. E a carta, ainda a trazes metida no teu vestido. Deixa-me ver essa carta!

— Estás violento demais, Hugo! Escuta, voltemos para casa, é tarde, ai para o teu quarto e procura sossegar.

— Dá-me essa carta!

— Para que queres tu a carta? Não, não te dou.

Hugo avançou para ela, como se quisesse fazer uma violência, mas parou antes de lhe tocar e balbuciou:

— O que? Não me queres mostrar a carta? És um monstro, és ainda talvez pior do que isso, és...

— Cala-te, Hugo, queres por força ler a carta? Pois bem, aí a tens, é uma carta de minha mãe!

Enfiou a mão no decote do vestido e tirou a carta, cuja assinatura lhe fez ler.

Foi como se lhe tivesse dado uma bofetada e ele disse simplesmente:

— Mas então a carta não tinha importância. Era de tua mãe?

— Era, mas em todo o caso sempre tinha uma certa importância.

Ele encostou-se ao muro como que ruminando uma idéia.

— Mas se a carta era da tua mãe, como se explica a tua ânsia em recebê-la? Começo a compreender; enganaste-me, ludibriaste-me, brincaste comigo todo este tempo.

Ela compreendeu que se tinha colocado numa péssima situação e quis emendar:

— Era uma carta importante. Minha mãe deve vir aqui visitar-me muito breve, muito breve. Esperava ansiosamente a sua carta.

— Quiseste enganar-me, não há que ver, tinhas a criada combinada contigo, para que logo que chegasse o momento oportuno entrar com a carta; esperava que se apagasse a luz... Compreendo, compreendo! Queriam excitar-me e nada mais.

— Tem juízo, não sejas criança... Já é tão tarde. Devemos ter bebido muito, tornemos a entrar em casa.

Mas ele insistia na carta, e continuava a falar:

— Não havia razão nenhuma para fazeres tanto mistério com uma carta de tua mãe. Agora compreendi tudo. Queres ir embora? Então, boa-noite, dá-me a tua mão para eu beijar com um respeito filial!

Inclinou-se diante dela e ficou sorrindo ironicamente.

— Respeito filial? Certamente, é justo, já sou tão velha — e uma grande emoção transpareceu-lhe na voz. Tu és tão novo! Beijei-te, Hugo, porque te senti tão jovem, mas mesmo assim, não podia ser tua mãe. Sou apenas mais velha do que tu, muito mais velha, mas se quisesse te provaria que ainda não sou tanto quanto tu pensas. Alguns anos a mais, cujo efeito em mim não sinto. Não me envelhecem; sinto-me da tua idade e da idade de Isabel, que são tão mais novos que eu. Achas-me velha? E que sabes de mim?

— Não, não — disse ele, conciliador. — Mas tudo isto não tem sentido. Deus é testemunha de que me fizeste uma promessa. És uma criatura que vive aqui sozinha, sem outra preocupação que não seja a de tomar conta em si e forçar os outros a fazerem o mesmo. Quiseste brincar comigo, fazer de mim o teu fantoche, para depois me espezinhares e fugires com as tuas grandes asas brancas.

— As minhas grandes asas brancas — repetiu ela, como que falando a si própria.

— Sim. Poderias ter umas grandes asas vermelhas. És linda, vê como és linda; e não serves para nada.

— Não há dúvida que bebeste demais. Em verdade, parece-me que ainda sirvo para muitas coisas.

Tomou-lhe a mão e levou-o correndo escadas abaixo; ainda a ouço dizer:

— Para que me hei de importar? Ele gosta de Isabel, e assim lhe provo que também tenho quem me admire.

Sobem junto o caminho do pavilhão. Ela pára, e diz muito excitada:

— Fecharam a porta, não é direito! Quem teria sido?

Ele responde, cheio de amargura e de desconfiança:

— Mais uma vez queres enganar-me, sabias já de antemão que a porta estava fechada.

— Não sabia. É preciso que não faças constantemente mau juízo de mim, compreendes! Mas para que teria ele levado a chave? Para que quererá ele o pavilhão sempre fechado, quando não está em casa? Escuta: eu sabia que a porta estava fechada, foi por isso que te trouxe aqui. Não tenho coragem de ser tua, não quero. Vamos, Hugo, voltemos para casa senão endoidecemos.

Pegou-lhe de novo na mão e quis forçá-lo a voltar. Entre os dois principiou uma pequena luta; ela teimava em não o querer seguir. Então, poderosamente, vitoriosamente, Hugo agarrou-a pela cintura e, passando-lhe um braço em volta do corpo, beijou-a muitas vezes. Ela abandonava-se a pouco e pouco entre os beijos dele, dizia palavras entrecortadas:

— Nunca beijei um estranho, nunca. Pelo amor de Deus, acredita em mim. Nunca beijei um homem...

— Acredito — disse ele impacientemente, e levava-a passo a passo até à porta.

Junto do pavilhão largou-a um instante e mais uma vez o seu ombro forte arrombou a porta. Calaram-se ambos, mas ela persistia e, ao passar os umbrais, firmou-se com ambas as mãos, como se não quisesse entrar.

— Não quero, não quero, nunca lhe fui infiel, nunca, nunca, nunca!...

Ele parecia não a ouvir interrompia-a muitas vezes para a beijar. As suas mãos firmes obrigaram-na a entrar, e Luíza Falkenberg largou de repente a pedra onde se agarrava e entrou.

Diante dos meus olhos passou como que uma névoa branca e densa que me cegou; fiquei com os pés pregados no chão e as pernas trêmulas como as de um velho. Estão ambos lá dentro; sozinhos. Na minha alucinação vejo-o despi-la, vejo-a nua como uma flor enorme e suave. Imagino a sua alegria e o seu prazer; aquela mulher desejada está nesse momento toda entregue a ele...

Entre as sombras vejo, de repente, aparecer Ragnilde que vem correndo do bosque. Tem a língua de fora, como um cachorro cansado.

O engenheiro aproxima-se de mim, diz-me "bom-dia" e pede-me para reparar a porta do pavilhão.

— Tornou a partir-se — pergunto.

— Tornou. Foi esta noite.

Era de manhã e ainda muito cedo. Talvez não fossem quatro horas e os trabalhadores esperavam a hora de partir para o trabalho. O engenheiro tinha os olhos pequenos e brilhantes, com grandes olheiras. Não devia ter dormido um minuto durante toda a noite. Não me deu uma única explicação a respeito da porta arrombada.

Pensando no capitão, fui consertá-la. Por Hugo não o teria feito. Não haveria talvez muita pressa em acabá-la, porque o capitão para ir e vir tinha de fazer uma longa caminhada, mas já havia vinte e quatro horas que partira.

Hugo acompanhou-me. Sem ter uma idéia muito nítida a essa respeito, compreendi vagamente que sentia por ele uma vaga simpatia. Ontem arrombara a porta, era certo, mas hoje não fugia à responsabilidade do que fizera e era ele mesmo quem se incumbia de a mandar consertar. A minha simpatia vinha também um pouco da vaidade de sentir-me dentro da sua confidência. O engenheiro vira que eu era digno da sua confiança. Naturalmente era isso que me dava uma impressão agradável.

— Sou inspetor da flutuação nos cursos de água — disse ele. — Quanto tempo tencionas ainda aqui ficar?

— Pouco, até o fim dos trabalhos do ano.

— Se queres, para esse tempo poderei dar-te trabalho.

Para mim seria uma profissão inédita; talvez me agradasse viver algum tempo entre os lenhadores e os camponeses que se ocupam dos cortes das florestas.

Agradeci ao engenheiro.

— És realmente muito simpático por teres consertado a porta. O caso foi que ontem à noite quis uma espingarda e como não encontrei nenhuma em casa e queria por força atirar, pensei que aqui deveria haver uma do capitão e foi por isso que forcei a entrada.

Não respondi. Teria preferido que o engenheiro não dissesse aquelas palavras.

A fechadura já estava consertada e tornei a pô-la no seu lugar. Quando acabava de aparafusar os últimos parafusos, ouvimos o capitão Falkenberg que falava no pátio. Através dos arbustos, vimo-lo desatrelando os cavalos. O engenheiro estremeceu, procurou na algibeira o relógio e tirou-o, mas tinha os olhos tão abertos e tão espantados, que não devia ver coisa alguma. Com a voz incerta, disse:

— Esqueci-me de uma coisa. Tenho de me ir embora, adeus e obrigado.

Desapareceu no bosque.

"Como ele fugiu agora" — pensei.

Logo a seguir, apareceu o capitão. Voltava pálido e coberto de poeira. Devia ter passado a noite sem dormir e vinha com cara de esfomeado. Disse-me bruscamente:

— Como abriste a porta?

Contentei-me com cumprimentá-lo sem lhe responder.

— A porta tornou a ser arrombada?

— Não senhor, fui eu que entrei porque me tinha esquecido de uns parafusos. Agora está outra vez arranjada, se o capitão quiser fechar...

"Imbecil, imbecil que sou, não descobri melhor desculpa para lhe dar". Ia, com certeza, descobrir tudo.

Ficou alguns minutos olhando para a porta, com os olhos semicerrados, a refletir; certamente uma desconfiança lhe atravessou o espírito; depois, meteu a chave na fechadura, fechou a porta e partiu. Era a única coisa que tinha a fazer naquela ocasião.

CAPÍTULO V

Partiram todos os convidados: o gordo "Irmão", a senhora do xale e o engenheiro Lassen. Só agora o capitão

Falkenberg se resolveu a ir tomar conta do seu trabalho no campo de manobras.

Nós, os empregados, trabalhamos rudemente no amanho das terras, quase tão rudemente como os cavalos da charrua. Mas Nils, que dirige os trabalhos, assim o determinou. Nils tem uma idéia fixa, quer ganhar tempo para a próxima época.

Um dia mandou-me recompor e limpar tudo em volta das casas; levei muito tempo, perdendo dias inteiros, mas a verdade é que assim demos um ar asseado e novo a toda a propriedade. Era esse o seu desejo; queria, com isso, animar o capitão antes da partida. Eu próprio principiei, por minha conta, a arranjar os cercados, as latadas e os alpendres. Levantei cancelas caídas, consertei uma ponte e fiz mil pequenos nadas que ajudaram a dar ao conjunto uma aparência agradável.

— Para onde vais, quando deixares a nossa casa? — perguntou-me um dia o capitão.

— Ainda não sei, naturalmente vaguear por essas estradas.

— Talvez tenha ocupação para ti, aqui; ainda há muitas coisas que tenciono fazer.

— Pensa em pintar estes velhos muros?

— É possível; por ora não, porque custa muito dinheiro. Não era no que eu estava agora pensando. Entendes alguma coisa de árvores, sabes como se fazem as marcações?

O capitão fingia ignorar a minha antiga estada nos seus bosques. Pensei intimamente: "Que árvores quererá ele cortar?" — e disse:

— Sim, conheço o trabalho do bosque, estou mesmo muito habituado a ele. Onde vai o capitão fazer este ano a marcação?

— Em toda a parte. Deve haver certamente alguma coisa que cortar.

— Certamente!

Acabei o trabalho que estava fazendo e comecei a descer o mastro da bandeira para consertar a corda e a haste. Já havia mais ordem em Oevreboe e Nils declarava-se quase completamente satisfeito. Convenci-o a ir falar ao capitão sobre as pinturas; foi, mas o capitão olhou-o distraidamente e respondeu: "Talvez, mas não são as pinturas a primeira coisa em que temos a pensar; esperemos o resultado das colheitas deste ano. As terras foram bem tratadas, a despesa grande."

Quando o mastro se ergueu de novo, pintado e consertado o capitão pareceu satisfeito e telegrafou para a cidade mandando vir as tintas para a pintura das casas. De fato, a pressa era exagerada; uma simples carta seria o suficiente.

Passaram-se dois dias e as latas de tinta chegaram. Tiveram de ser postas de lado, porque não podíamos começar imediatamente o trabalho, ainda tínhamos muito que fazer no campo.

Durante todo este período empregamos os cavalos de montaria nos trabalhos de charrua e arado; quando chegasse o tempo de plantar a batata, Nils seria, certamente, obrigado a requisitar todos os empregados da casa, até as criadas, para ajudar-nos. O capitão deu autorização para que o fizesse, e partiu para o campo de manobras. Ficamos sós.

Mas antes de partir teve de novo uma grande discussão com a esposa. Todos nós havíamos compreendido que alguma coisa se passara; Ragnilde e a leiteira falavam abertamente do caso. Os prados estavam verdes e bem tratados, cada dia se notava um progresso nas sementeiras, a primavera estava maravilhosa, própria e fecunda, mas em casa do capitão não reinava a paz e a alegria. A senhora passava diante de nós com os olhos pisados de chorar, com o semblante desfeito e triste em certos dias, mas noutros exageradamente altiva e orgulhosa, como a dizer que não fazia concessões a ninguém. Chegou a mãe: uma senhora afável, com óculos e cara de rato branco. Não se demorou muito entre nós; apenas alguns dias. Pretextou que não se dava bem com o clima e voltou para Christianssand, onde habitava.

Oh! a terrível discussão que houve entre os esposos!

Durante uma hora discutiram surdamente, amargamente. Ragnilde contou-nos tudo, depois. Nem um nem outro levantava a voz, mas as palavras que diziam eram terminantes, inexoráveis. Por fim resolveram separar-se.

— Não é possível, Ragnilde, não é possível — gritaram a um tempo todos os comensais da cozinha, juntando as mãos.

Ragnilde imitou a fala dos patrões para melhor explicar-nos o que entre eles se passara:

— "Entraste no pavilhão quando ele arrombou a porta pela segunda vez?" — perguntou o capitão. — "Entrei" — disse ela. — "E depois, que mais se passou entre os dois?" — "Tudo"! — O capitão sorriu e continuou: "Há nessa resposta tanta franqueza e tanta clareza que não deixa dúvida nenhuma". Luíza Falkenberg não respondeu. "Que mérito podes tu achar nesse depravado? Eu encontro-lhe só um: ajudou-me uma vez a sair de embaraços." — Ela olhou para ele e disse: "Ah, ele ajudou-te uma vez? Não sabia." O capitão tornou a rir: "Parece impossível que não to tenha contado". — E, fitando-a, perguntou: "Gostas dele?" — Ela respondeu com a mesma pergunta: "E tu gostas da Isabel?" — "Sim, gosto" — respondeu o capitão. — "Bem" — disse ela secamente. Depois ambos se calaram e permaneceram muito tempo um diante do outro sem proferir uma palavra. Foi o capitão quem de novo reatou a discussão: "Tiveste razão quando me aconselhaste a refletir, refleti. Não sou um homem depravado e não gostei nunca de me divertir torpemente, entretanto me diverti, mas agora tudo acabou."

— Dou-te os parabéns, é uma felicidade para ti — disse ela com ironia.

— Sem dúvida é uma felicidade para mim, mas talvez tu devesses considerá-lo também uma felicidade.

— Eu? Conta-o a Isabel, a felicidade é para ela.

— Isabel! — disse ele, sacudindo a cabeça devagar. Novamente se calaram.

— Que vai fazer agora? — perguntou o capitão.

— Que vou fazer? Isso não te interessa, talvez me faça enfermeira, ou professora de meninos, se quiseres.

— Se eu quiser? — retorquiu. — Não, és tu que tem de querer, eu por mim fico onde estou e como estou, mas tu... foste tu quem se excluiu desta casa.

— Oh! — gritamos todos.
— Mas meu Deus! Talvez ainda haja um meio de tudo se arranjar — disse Nils, olhando para nós como a pedir-nos conselho.

Durante alguns dias, depois da partida do capitão, a senhora não saiu de casa, onde ficava a tocar piano. No terceiro dia chamou Nils e mandou atrelar o carro. Queria ir para casa da mãe em Christianssand. Ficamos ainda mais sós. Não levava nenhuma roupa nem os objetos que lhe pertenciam. Talvez pensasse que ali nada era dela. Efetivamente, desde o casamento, fora o capitão quem tudo lhe dera. A casa estava tristíssima.

Antes de partir, a senhora dera ordem a Ragnilde que ficasse com o capitão. A cozinheira tornava-se dona e senhora de tudo e era quem guardaria as chaves.

Nos sábado seguinte, o capitão obteve uma licença e voltou à casa; Nils contou-me que nos outros anos não costumava vir de licença. Apesar da partida da mulher, manteve-se sereno e firme como um homem. Não bebeu e comeu frugalmente. Deu-me ordens terminantes e enérgicas com respeito às árvores que queria mandar abater. "Até as de sete polegadas; quero mil dúzias de árvores no chão. Desta vez ficarei ausente três semanas." A atitude decisiva, não havia que replicar-lhe às palavras. Era de novo o mesmo homem de oito anos antes.

Os trabalhos mais pesados estavam, enfim, terminados. As batatas todas plantadas, e o mais difícil feito. Nils e o garoto que tínhamos como ajudante podiam, agora, continuar sozinhos a lida, de maneira que fui para o bosque marcar as árvores.

Na floresta sinto-me sempre bem. Caía uma chuvinha mansa e quase quente, mas assim mesmo continuei a minha faina. Por fim chegou o calor e à noite, quando voltava para casa, podia trabalhar nos consertos dos cercados, reparar as goteiras, cuidar dos serviços de casa. Finalmente principiei a raspar a tinta velha das paredes da granja e dos celeiros. Seria bom se conseguisse pintar tudo durante o verão; a tinta já estava ali.

Mas o meu trabalho se tornava monótono. Não era a mesma coisa trabalhar, agora, que os patrões estavam ausentes. A minha idéia de que é necessário alguém que esteja acima de nós, mandando, quando não somos nós próprios a mandar, confirmava-se. Ragnilde e a leiteira discutiam e riam o dia inteiro sem ter ninguém que as mandasse trabalhar. A autoridade da cozinheira não bastava para as manter em respeito. Durante as refeições faziam um tal barulho que a vida se fazia insuportável. Além disso, alguém deve ter ido falar de mim ao meu bom amigo Lars Falkenberg, e semeou entre nós a desconfiança.

Lars veio um dia à propriedade; olhou-me com maus olhos e pediu-me não tornasse a aparecer em casa dele. A sua atitude era cômica e ameaçadora.

Fora à casa dele uma dúzia de vezes levar a minha roupa para lavar. A mulher e eu tínhamos conversado alguns minutos, falando dos velhos tempos em que trabalhávamos em Oevreboe. A última vez que lá fui, Lars voltou inopinadamente e imediatamente lançou-me palavras duras e amargas, porque Ema estava sentada num talude com as saias arregaçadas por causa do calor: "E os cabelos caídos, também por causa do calor?" Lars estava irritado com ela e comigo. Quando parti lhe dei boa-noite, mas não respondeu.

Depois, não mais voltei lá. Por que razão me aparecia ele esta noite? Fora, sem dúvida, Ragnilde que fizera das suas, com a maldita mania de falar demais.

Quando acabou de me proibir que tornasse a entrar em sua casa, Lars julgou que me havia aniquilado. "Sei que Ema também veio aqui muitas vezes, mas espero que não torne".

— Naturalmente que veio aqui algumas vezes — respondi. — Veio buscar a minha roupa.

— Pois é, quem tem a culpa é a roupa — disse ironicamente. — Tu aproveitas sempre que podes e um dia apareces com uma camisa, outro, com umas calças, outro com um lenço, mas agora aconselho-te a que peças a Ragnilde que te leve a roupa.

— Está bem — respondi.

— Estás enganado comigo — continuou — conheço-te muito melhor do que pensas, sei que o teu costume é entrar em casa das pessoas aproveitando a ocasião em que estão sozinhas. Mas comigo não há disso!

Nils ouvira as últimas palavras de Lars, e, como era meu amigo e bom camarada, entendeu que me devia defender. Afirmou que nunca me vira fazer alguma coisa condenável durante todo o tempo que aqui estivera.

Lars ainda mais se irritou com as palavras do meu companheiro e olhou-me de cima a baixo com desprezo. No fundo tinha um grande ressentimento contra ele. Nils era mais hábil e mais perito no amanho das propriedades. Por mais que fizesse não conseguia das suas terras, lá em cima na clareira, o que Nils conseguira nas terras do capitão.

— Não tens que te meter na nossa discussão — disse-lhe asperamente.

— Estou aqui unicamente para dizer a verdade — respondeu o outro.

— Com que então estás aí para dizer a verdade? Pois é melhor que vás embora, porque não me importo nada com o que dizes.

Nils e eu fomo-nos embora, mas Lars ainda gritou algumas palavras por trás de nós. Quando passamos junto do bosque dos lilases, Ragnilde procurava qualquer coisa entre os arbustos.

Nessa noite tornei a pensar, pela primeira vez desde que me encontrava em Oevreboe, em recomeçar o meu caminho de vagabundo, logo que tivesse terminado o trabalho no bosque. O capitão voltou depois das três semanas, como tinha dito, viu que eu começara a raspar a velha pintura das paredes e disse: "Ainda acabas por pintar tudo isto!" Dei-lhe conta das árvores já marcadas e anunciei-lhe a minha próxima partida, dando como desculpa que já pouca coisa restava para fazer. "Continua a marcar!" — respondeu. Depois voltou para o campo, demorando-se mais outras três semanas.

Mas eu é que já não queria ficar em Oevreboe. Ainda marquei mais algumas centenas de árvores e somei o que fizera. Podia ficar por ali. Quanto aos bosques e às montanhas, ainda não havia possibilidade de lá viver, estavam cheios de flores, mas os pomos silvestres não apareciam ainda. Passarinhos, cantos de mil vozes, zumbido de insetos, mas nada de amoras nem de mirtilos.

Agora estou na cidade.

Vim à procura do engenheiro Lassen, inspetor dos trabalhos de flutuação no rio. O engenheiro cumpriu a promessa de me dar trabalho, apesar de a flutuação já estar quase completamente terminada. Para começar, tenho de subir o curso de água e de marcar no meu mapa os lugares onde os troncos se juntam em "magotes". Lassen é um rapaz desembaraçado, mas tem o defeito de ser ainda muito novo; dá-me instruções demasiadamente detalhadas, como se não tivesse a certeza de que compreendo o que diz. O seu modo dá-lhe a aparência de um fedelho que quer brincar com os "grandes".

Fora este homem quem acudira o capitão num momento difícil! Agora o capitão devia lastimar a sua ajuda e naturalmente era por isso que mandara cortar as árvores, até as de sete polegadas. Queria certamente libertar-se da dívida. No meu íntimo tive pena de não ter continuado a marcar por mais uns dias, para mais facilmente o ajudar a sair de embaraços.

O engenheiro devia ser rico. Morava no hotel, onde tinha dois quartos; nunca entrei, senão no escritório, mas mesmo ali tinha coisas caras: livros, jornais, um tinteiro de prata, um altímetro doirado e mais coisas; na parede estava dependurado um casaco de verão forrado de seda. Era, sem dúvida, rico e considerado na região: vi um retrato dele muito grande, na montra do fotógrafo da cidade.

Também o vi a passear com muitas raparigas, de tarde, e tomando chá com elas, nas confeitarias. Como era o chefe supremo dos trabalhos de flutuação, passeava de preferência até à grande ponte que dominava a queda de água de cento e quinze metros. Geralmente ali parava e observava rio acima e rio abaixo. Precisamente nos pilares da ponte e nos rochedos que a sustentavam, os troncos juntavam-se em grandes "magotes" que a água impelia. O engenheiro mantinha sempre uma grande turma de trabalhadores, cujo mister era arredar esses troncos e desfazer os "magotes". Quando estava sobre a ponte dirigindo os trabalhos, parecia um grande almirante, novo e forte, no comando do seu barco. As senhoras que o acompanhavam paravam de boa vontade e como o barulho da queda de água era muito forte, quando falavam suas cabeças aproximavam-se da dele, para poderem ser ouvidas.

Mas precisamente quando o engenheiro tomava as grandes atitudes em cima da ponte, tornava-se de qualquer forma ridículo e insignificante. O casaco esporte que envergava, colava-se-lhe à parte posterior do corpo, dando assim a idéia de que tinha as ancas demasiadamente largas para um homem da sua estatura.

Logo na primeira noite, depois de ter recebido ordens para, na manhã seguinte, subir o rio, encontrei-o com duas senhoras, em cima da ponte. Logo que me viu parou e chamou-me: "Ainda bem que te encontro" — disse. — "Amanhã tens de te levantar muito cedo; leva os instrumentos para poderes separar todos os troncos que encontrares juntos. Se os "magotes" forem grandes demais, marca-os no teu mapa. Não te esqueças de os marcar com tinta encarnada, e continua a andar sempre até encontrares o outro homem que vem descendo o rio. É um homem que tenho ao meu serviço — explicou às senhoras; não me agrada fazer, eu mesmo, este trabalho".

Fingiu-se ocupadíssimo; tirou da algibeira uma carteirinha e escreveu qualquer coisa. Era novo e tinha que parecer importantíssimo aos olhos das companheiras.

Na manhã seguinte, muito cedo, saí. Às quatro horas, quando o sol se levantou, já tinha chegado ao fim do meu caminho, subindo o rio. Levava o meu farnel e a estaca para empurrar os troncos.

Nessa região não há mato rasteiro, como nas propriedades do capitão Falkenberg. O solo é estéril e pedregoso, há léguas de terreno coberto unicamente de agulhas de pinheiro e de fetos bravos. Haviam feito grandes cortes nas árvores, para satisfazer as exigências das fábricas de papel, e sequer as arvorezinhas novas, de cinco polegadas de diâmetro, foram poupadas. Como eram desoladas aquelas paragens!

Cerca do meio-dia, já desfizera muitos "magotes" de troncos, entre eles um muito grande, e sentei-me para repousar e almoçar. Comi, descansei e bebi água no rio. Recomecei o meu trabalho até que fui encontrar, sobre um grande "magote" um homem. Era o homem que o engenheiro me recomendara.

Observei-o de longe e divertiram-me os seus movimentos cautelosos. Parecia ter medo de molhar os pés. Quando me aproximei dele, pareceu-me conhecê-lo. De fato conhecia-o, era o meu companheiro Grindhusen.

Grindhusen, o meu amigo de Skreja, Grindhusen, com quem, há seis anos, tinha trabalhado na construção de um poço.

Agora estava aqui!

Depois dos bons-dias, sentamo-nos e conversamos — perguntas e respostas durante uma hora. Por fim se fez tarde e subimos ambos o rio até ao sítio onde Grindhusen tinha a sua cabana, construída de troncos toscos. Acendemos o fogo e preparamos o café. Depois saímos e deitamo-nos sobre os fetos para fumarmos tranqüilamente os nossos cachimbos.

Grindhusen estava velho; já se esquecera de muitas coisas alegres e não quis falar de uma célebre noite em que juntos nos havíamos divertido e dançado. Nesse tempo era ele um grande conquistador e perseguia todas as pequenas do lugar, mas agora se sentia cansado e gasto. Já nem sabia sorrir. Se eu tivesse trazido um pouco de aguardente talvez o tivesse estimulado, mas não a trazia e ele continuava mergulhado na indiferença.

Noutros tempos, Grindhusen era teimoso e casmurro, mas a idade até isso lhe tirara. Agora dizia a tudo "talvez" e não teimava. Era lúgubre o seu estado.

— Isto vai assim, assim — dizia — uns dias melhor outros pior.

Ultimamente o reumatismo incomodava-o e o estômago também, mas enquanto pudesse conservar o lugar, ao serviço do engenheiro Lassen, estava contente. Conhecia o rio como as suas mãos e durante toda a primavera até meados do verão, morava naquela cabanazinha que eu vira. O ano passado tivera sorte, encontrara uma ovelha sem dono que passeava por ali:

— Encontraste uma ovelha a passear no bosque?

— Lá em cima — respondeu — mostrando o cume da montanha com o dedo muito esguio. Tivera carne durante muitos meses, graças a essa ovelha. Os filhos estavam casados e alguns tinham emigrado para a América. Nos primeiros dois anos, ainda se lembraram dele e mandavam-lhe, de vez em quando, uma ajuda de dinheiro; depois, nunca mais tinham escrito.

Grindhusen parecia absorvido nos seus pensamentos.

Um som confuso, como um murmúrio, sai do rio e da floresta. Parece a agitação contínua de milhões de seres infinitamente pequenos. Nem um pássaro, nem um animal; no entanto, embaixo das pedras, vive uma multidão de seres minúsculos, insetos pequeninos que fogem e se enterram no chão. Entretenho-me a observá-los. Grindhusen olha para mim distraidamente, com se não me visse. Principiei a falar-lhe deles, espantado com aqueles que me parecem inúteis, mas não consigo arrancar-lhe mais do que um "talvez".

E o rio e a floresta continuam a murmurar. Uma eternidade que se harmoniza com outra eternidade. Quando vêm as tempestades e as trovoadas, surge entre ambos a desarmonia.

— Ouve — disse por fim o meu companheiro — quanto ganhas por dia?

— Não sei.

Grindhusen lança-me um olhar desconfiado, pensando que não lhe quero dizer:

— Está bem, está bem, também não me interessa. Perguntei simplesmente para dizer alguma coisa.

Procuro adivinhar um salário qualquer para lhe dar prazer:

— Devo ganhar umas duas ou três coroas.

— Com certeza deves ganhar qualquer coisa parecida com isso — responde cheio de inveja — Eu que sou um velho trabalhador do rio, não ganho mais de duas coroas.

Mas teve medo que eu fosse contar o seu descontentamento e pôs-se a elogiar o engenheiro: "É um grande homem sob todos os aspectos. Com certeza vai aumentar a minha féria. Tem sido tão bom para mim; um verdadeiro pai".

O engenheiro pai de Grindhusen! Soava comicamente o nome de "pai" naquela velha boca sem dentes. Poderia, talvez, indagar-lhe qualquer coisa acerca do inspetor, mas nada perguntei.

— Ele não te disse que eu devia ir até à cidade? — disse Grindhusen.

— Não.

— Às vezes manda-me chamar. Geralmente não tem nada de interessante para me dizer, quer simplesmente conversar comigo. É um grande homem, não há dúvida.

A tarde vem caindo. Grindhusen entra na cabana e deita-se.

Na manhã seguinte desmanchamos mais "magotes".

— Vem comigo pelo rio acima — propõe Grindhusen.

Após uma hora de caminho, vemos uma granja onde há estábulos e gado a pastar. Por associação de idéias, penso na ovelha que Grindhusen "encontrou".

— Foi aqui que achaste a tua ovelha? — pergunto. Ele olha para mim desconfiado e responde: "Foi".

Desse momento em diante Grindhusen não me quer mais ao seu lado. Pára de repente e agradece-me pela companhia que lhe fiz. Ainda lhe proponho entrarmos na granja, mas afirma-me que nunca entra nas granjas vizinhas. Para chegar ainda de dia à cidade, tenho de partir.

Faço meia-volta e regresso pelo mesmo caminho.

CAPÍTULO VI

O meu trabalho consistia em subir e descer constantemente o rio em busca dos "magotes" de troncos para os desmanchar. Era uma ocupação que me desagradava. À noite precisava voltar à cidade e ir dormir no meu quartinho mobiliado. Nesse tempo não tinha um único companheiro com quem falar. Só me entretinha, de vez em quando, a dar duas palavras ao carregador do hotel, onde morava o engenheiro; era uma rapaz enorme, com olhar de criança e duas mãos fortíssimas que empunhavam exatamente onze polegadas. Sofrera em pequeno um acidente, ficando com uma debilidade mental que inibia de fazer outro serviço que não fosse carregar pesos aos ombros. Conversava com ele algumas vezes, mas era o único em toda a cidade.

Ah! Que infeliz aquela cidadezinha!

Quando o rio está muito cheio, o seu rugido divide-a em duas, como uma muralha de som. Os habitantes do lugar, que vivem em pequenas casas na margem sul, ganham o exclusivamente necessário para não morrer de fome. Há muitas crianças que se ocupam em levar recados; todas são lindas e loiras e nas suas faces rosadas nenhum vestígio de miséria. Há também loiras e esguias raparigas, alegres e divertidas, ocupadas unicamente umas com as outras, rindo e brincando na sua pequena vida. Cantam cantigas em que aparecem os "Hô Oho" de todas as canções do norte. Depois riem, riem e batem nas ancas. Não há pássaros. É singular que não haja passarinhos aqui. Nas noites calmas e nas tardes sossegadas, a superfície do lago, na barragem, estende-se imóvel e profunda. Insetos, mosquitos e borboletas, esvoaçam refletidos naquele imenso espelho, mas as árvores estão despovoadas de aves. Talvez seja o rugido do rio que as afugenta. Os habitantes alados desta região são, portanto, unicamente os mosquitos, as borboletas e as moscas. Só Deus sabe a razão por que até as pegas e as gralhas fogem assim da nossa pequena cidade.

Em cada terra, tanto nas grandes como nas pequenas, sucede quotidianamente um acontecimento que entretém os habitantes e lhes fornece um assunto. Nas cidades do Oeste é o vapor do correio. É duro e monótono viver nessas cidades. Aqui, ao menos, há o rio que nos distrai e diverte. Subiu? Desceu? Há sempre qualquer coisa de novo e de interessante. Há troncos juntos na barragem? Vamos desobstruir a passagem?... Também temos uma modesta estrada de ferro, mas não lhe ligamos importância. De resto, é um caminho de ferro vergonhoso, os vagões estão velhos e carunchosos, os tetos das carruagens são tão baixinhos, que, de chapéu na cabeça, nem sentado se pode estar.

Também temos, além da estrada de ferro, um mercado, uma igreja, um correio geral, uma fábrica de papel e uma serraria, lá em cima, no cume da montanha, perto da floresta. Vários e inúmeros mercadores.

Temos muita coisa além do rio, mas a cidade nunca foi um grande centro comercial. Há dois séculos que se mantém inalteravelmente pequena. Antigamente havia um "senhor", que a atravessava a cavalo, seguido de um lacaio. Hoje somos todos iguais, a não ser o engenheiro de vinte e poucos anos, que pode ter dois quartos no hotel.

Não acho nada em que pensar. A minha fantasia vagueia e às vezes surpreendo-me a pensar em coisas extravagantes.

Na vila há uma casa velha, de dois séculos; a casa de Ole Olsen Ture. É uma construção imensa, colossal, de dois andares, que ocupa um quarteirão inteiro. Hoje serve de armazém e de quartel militar. Na época em que foi construída, ainda existiam nos arredores árvores gigantescas e seculares; três árvores dessas, em espessura, davam a altura de um homem. A madeira dos seus troncos era rija e impenetrável ao machado. No interior do palácio há salões e celas como num castelo; ali reinava o Grand Ture, à maneira de um príncipe.

Depois mudaram os tempos, as casas tornaram-se menores e deixaram de ser construídas para defesa ou para abrigo. Tinha-se sempre em mira a beleza, a estética, tudo quanto alegra a vista tem feitio agradável. Na outra margem do rio há uma linda casa arcaica, enfeitada por uma varanda "império" bem proporcionada e de aspecto elegante. Não é uma maravilha de estilo, mas satisfaz a vista. Também há outra casa no meio da vila, que muitas vezes paro para observar. É uma casinha pequena, mas tem uma linda porta decorada com canelados de estilo Luiz XVI e tem inscrita a data 1795 em algarismos arábicos. Foi só nesse tempo que o estilo de transição aqui chegou.

Mais tarde se construiu unicamente para proteção contra a chuva e a neve. As casas deixaram de ser grandes e deixaram de ser belas. Procurou-se unicamente, à maneira suíça, arranjar um cantinho para abrigar as mulheres e os filhos. E assim aprendemos,com aquele país insignificante, que habita um miserável reduto dos Alpes e que durante todos os períodos da história nada produziu de sério, a desprezar o que faz a alegria dos olhos. Foi com ele que aprendemos a ser um país de medíocres que a tudo desatendem, menos aos interesses dos turistas.

Que a paisagem seja pitoresca, e se possam tirar bonitas fotografias dos chalés, é tudo quanto pretendemos. De que serve ter uma construção, assentada nas faldas duma serra, a grandeza e a paz de um templo? E para que a grande casa de Ole Olsen Ture? Façamos de tudo isso um imenso cortiço onde caibam centos de vidas humanas.

De queda em queda, chegamos ao fundo. Agora os remendões se sentem felizes, não por sermos todos igualmente grandes, mas por sermos todos lamentavelmente pequenos. Que obra!

É agradável andar sobre a grande ponte. O chão é de madeira, liso e junto como um soalho; as senhoras e as raparigas podem passear à vontade, encarapitadas nos saltos altos dos sapatos. As amuradas são baixas e apertadas, de maneira que não há melhor observatório para os curiosos.

De baixo sobem até nós os gritos dos trabalhadores que se esforçam por separar os troncos. As árvores descem brandamente e acumulam-se. Formam assim "magotes" enormes, de duzentas ou trezentas dúzias de troncos. Se tudo corre bem, os homens conseguem separá-las facilmente em pouco tempo, mas se as coisas correm mal, um operário infeliz pode ser arrastado para a queda, para a morte.

Os homens servem-se de longas estacas de madeira para empurrar os troncos. Geralmente andam molhados por terem de entrar na água; e o chefe de turma determina o tronco que deve ser desembaraçado. Quem observar atentamente, nota que há muitas discussões entre a turma; uma vez ouvi um velho trabalhador experimentado no serviço de flutuação começar a resmungar: "Não sei se será este ou aquele que está a prender o "magote". Quando há ordem de arredar um tronco, dez ou doze estacas se fixam a um tempo na árvore que está a embaraçar, todos se encostam e com o corpo empurram os paus. Os homens gritam: "Hô" — e o tronco desliza até ao "ninho de pega", formado pelos outros troncos. Parecem formigas a empurrar uma palhinha.

Por vezes acontece ouvirmos durante um dia inteiro o grito dos trabalhadores, somente interrompido às horas das refeições. Outras vezes este som é substituído pelo ruído seco dos machados. Um tronco ficou em má posição e é preciso cortá-lo para desmanchar o enorme "ninho de pega". Geralmente não são precisos muitos golpes de machado. A força imensa que pesa sobre ele parte-o facilmente; são os outros troncos todos a empurrar. Então o imenso "ninho de pega" oscila e cede. Nesse momento os trabalhadores tem de pensar unicamente em se porem a salvo, principalmente aqueles que se encontram em cima do "magote" que oscilou. É preciso uma agilidade de gato para não ser apanhado de surpresa. A vida — e o trabalho — destes homens comporta, mais que nenhuma outra, a ansiedade e perigo. A sua vida e a sua morte dependem exclusivamente da habilidade de cada um.

Mas a cidade é uma cidade morta-viva.

É melancólica como a morte, mas quer ter a aparência de vida. Assim é Bruges, a grande cidade do passado, e muitas cidades da Holanda, da Alemanha do Sul, do Norte da França e do Oriente. Quando nos encontramos na praça, ou no mercado, pensamos: "Eis uma cidade, que já viveu e que ainda hoje conserva nas ruas uma multidão de fantasmas!"

Como tudo isso é estranho! Vivemos cercados por uma cordilheira de montanhas, fechados, isolados; entretanto aqui, como em toda a parte, existe uma mulher que é a beleza da cidade e um homem que é a ambição das mulheres. É assim em todo o mundo.

A nossa existência só tem das outras a diferença de que aqui se vive, com unhas curvas e olhos de rato, com ouvidos que enche, dia e noite, o trovejar do rio. Um escaravelho anda no campo, onde às vezes se ergue um miserável feto bravo. O feto é uma árvore para o escaravelho. Dois negociantes juntam-se para ir hoje ao correio comprar uma folha inteira de selos a fim de aproveitarem o desconto: é uma grande economia na nossa cidade.

Ah! aqueles negociantes!

Todo dia enchem as vitrinas e os estendais diante das portas, com as mercadorias; mas só raras vezes tenho visto um freguês entrar em casa deles. De vez em quando se vê um camponês que desce das montanhas para vir comprar alguma coisa na cidade. São engraçados e dignos de observação.

Uma vez um deles apareceu. Vinha vestido como nos contos de fadas, com uma blusa ampla de botões de prata, e uma calças cinzentas com fundilhos de couro; trazia na minúscula carroça, puxada por um cavalo "miniatura", uma vaca, também muito pequena, de pêlo fulvo, que certamente se destinava ao matadouro. Os três, o homem, o cavalo e a vaca, eram tão pequenos e tão "idade da pedra" que pareciam espíritos subterrâneos, que se estivessem divertindo em fazer uma aparição nos domínios dos mortais; esperava vê-los de repente desfazerem-se em fumo, quando a vaca mugiu. Até aquele mugido parecia sobrenatural, como que vindo de outro mundo.

Algumas horas depois apareceu de novo o homem, mas sem a vaca nem o cavalo; deambula um instante a olhar as vitrinas e as exposições dos negociantes à procura de qualquer coisa que precisa comprar. Nesse momento estava eu na loja de Vogt, o vidraceiro e correeiro do lugar. Vogt quer-me servir antes que ao camponês liliputiano, porque já me achava na loja, mas eu quis assistir às compras do outro e disse-lhe que o servisse primeiro. Então o lojista se dirigiu ao gnomo. Já se conheciam e, estendendo mutuamente a mão, cumprimentaram-se.

— Estamos então na cidade? — disse o mercador.

— Estamos, isto não está nem melhor, nem pior — respondeu o homem.

Principiou a conversa do costume; o tempo, as sementeiras, o estado dos caminhos, a mulher e os filhos que passam bem como de costume; o rio baixou numa semana um quarto de côvado; os preços do gado; a dificuldade dos tempos que correm. Começam a apalpar o couro, a dobrá-lo, a virá-lo por todos os lados. E quando finalmente se resolvem a cortar o pedaço que o gnomo quer e o pesam, acha-o pesado "como o diabo". É preciso arredondar o peso, umas gramazinhas mais não deviam contar. Sobre isto discutem como é do costume. Na altura em que é preciso pagar, aparece à luz do dia uma carteira, uma espécie de saquinho saído dos contos de fadas. As peças de prata são extraídas cautelosamente contadas e recontadas por ambos. O gnomo fecha de novo o saquinho lendário e declara não ter mais dinheiro nenhum. Ainda não chegara à conta que o mercador pretendia. "Mas tu ainda tens uma nota, como é que dizes que não tens mais dinheiro?"

— Não quero trocar a minha nota; aí está.

Nova discussão interminável. Por fim entram em acordo, partindo a diferença ao meio. O negócio está feito.

— Foi um pedaço de couro muito caro — diz o comprador.

E o vendedor responde:

— Não senhor, fizeste um bom negócio, mas tens de te lembrar de mim na próxima vez que vieres à cidade.

Mais tarde vejo o gnomo que volta para casa depois do seu passeio entre os humanos. A vaca ficou no matadouro. O homenzinho leva pacotes e sacos na carrocinha puxada pelo cavalo minúsculo; ele vai ao lado, a pé, no seu passinho curto e certo. O remendo de couro que tem cosido no fundo das calças faz um triângulo a cada um dos seus passos.

Assim houve na cidade um novo afluxo de capitais. Veio um camponês das montanhas, vendeu a sua vaca e comprou diversos objetos e um pedaço de couro. Toda a gente repara que se animaram as compras e as vendas.

Diariamente o jornal publica uma lista de propriedades que estão à venda. Diariamente, também, sai no mesmo jornal o inventário dos terrenos que vão à praça por relaxamento dos impostos. Assim há muitas terras e muitas casas à venda. O estéril vale, com o seu grande rio, não tem possibilidades para alimentar a cidade morta. Uma vaca, um cordeiro não chegam para animar o povo. É preciso vender as terras, entregar as casas, desfazer os grandes cortiços humanos, e os chalés suíços. Nas vilas do Oeste, quando por acaso está à venda uma casa ou um terreno, é como que um acontecimento de que a gente fala; aqui na nossa cidadezinha já ninguém se interessa, nem ninguém se importa. É uma cidade sem remédio e sem esperança. Hoje um, amanhã outro, todos têm de se desfazer do patrimônio, e já ninguém tem pena de ninguém.

O engenheiro Lassen veio à minha casa e disse-me:

— Põe o teu boné e vem comigo à estação buscar uma mala.

— Não vou — respondi.

— Não vens?

— Não, para ir buscar as malas há o carregador do hotel.

Não foi preciso mais nada; o engenheiro era moço demais para compreender. Calou-se. Mas como era naturalmente indiscreto, não pôde deixar de dizer:

— Era justamente a ti que queria confiar este trabalho.

— Se assim é, então irei — respondi.

Pus o meu boné e fui. Vamos ambos a caminho da estação. Ele na frente e eu atrás. Chegamos. A estação é pequena e insignificante; esperamos dez minutos pelo comboio. Finalmente descem dele alguns passageiros. De um compartimento sai uma senhora para quem o engenheiro avança; ajuda-a a descer.

Olhei atentamente para o que se passava. A senhora trazia um véu muito espesso e luvas. Tinha um ar tímido e estendeu ao engenheiro um casaco de viagem claro. Ele, pelo contrário, não parecia nada comovido; pediu-lhe que tirasse o véu. Ela retirou-o e perguntou: "Reconheces-me?" Olhei-a de frente: era Luíza Falkenberg.

Meu Deus, como é difícil tornarmo-nos velhos e indiferentes! Logo que soube de quem se tratava, deixei de pensar em tudo para só dar importância à minha velha pessoa. Preocupei-me com o cumprimento que lhe ia fazer e lamentei não ter sabido que ela viria, para ter vestido a minha roupa nova. Possuía um paletó e umas calças novas de veludo. Infelizmente não os envergara. Senti-me indignado e deprimido. "Por que razão teria o engenheiro insistido para que fosse eu quem o acompanhasse à estação? Não era certamente para economizar o dinheiro da gorjeta ao carregador. Seria para dar prazer à senhora trazendo-lhe uma cara conhecida, ou seria para lhe dar a impressão de que tinha um criado às ordens?" Por qualquer das razões, a verdade é que levando-me, cometera uma *gaffe*. A senhora estremeceu ao ver-me. Desagradou-lhe a minha presença num lugar onde talvez pensasse estar escondida. Ouvi o engenheiro dizer-lhe:

— Vês aquele? É quem vai levar a tua mala.

Olhei para ela e voltei o rosto para o lado, como se a não tivesse reconhecido.

Assim, na baixeza da minha alma, senti-me superior ao engenheiro. Pensei: "Ele não teve tato, trazendo-me, mas eu, um simples trabalhador, soube sentir com ela." Sabe Deus a razão por que as mulheres gostam dos homens do tipo de Lassen!...

A gente vai saindo da estação. Os empregados carregam caixotes uns atrás dos outros. Finalmente, ninguém mais ficou junto de nós. O engenheiro e a senhora continuam conversando. Por que teria ela vindo? Certamente foi ele quem de novo a desejou e a quer possuir, ou talvez ela mesma se tenha resolvido a vir combinar com ele o futuro. Ainda acabam por casar; Hugo Lassen deve ser um homem de honra, e hoje também um homem feliz; o seu amor, a sua fada está ao seu lado. Resta saber se para ela haverá alegria e flores durante todo o caminho desta vida.

— Não, não é possível, não é decente — diz ele. — Se não queres ser minha tia, tens de ser minha prima, mas algum parentesco temos de ter, para podermos andar juntos aqui.

— Chut! — fez ela. Não podes mandar aquele homem embora?

Então o engenheiro aproximou-se de mim e mandou-me tratar da bagagem. Tomou, para falar-me, um ar imponente como quando falava aos empregados da turma dos flutuadores.

— Leva essa mala ao hotel.

— Sim — respondi — levantando o boné.

Levei a mala e pelo caminho fui pensando: "De maneira que ele ousa propor-lhe que se faça passar por tia! Desta vez tornou a não ter tato. Eu tê-lo-ia tido. Teria dito a toda a gente: "Chegou um anjo do céu, um anjo de luz para acompanhar o rei Hugo; que todos vejam como é perfeita e linda. Os seus olhos são cinzentos como o céu e os seus cabelos brilham fosforescentes. É linda e adoro-a".

A mala era leve, mas tinha os cantos guarnecidos de metal, que me fizeram um grande rasgão no paletó. Bendisse os fados que não me tinham deixado vestir a roupa nova.

CAPÍTULO VII

Alguns dias passaram. Já estava farto do meu mister de desocupado e dirigi-me ao contramestre para obter um lugar na sua turma. Recusou.

Estes proletários arvoram-se em grandes senhores, e desprezam os trabalhadores do campo. Vagueiam de rio em rio, ganham bem e gastam tudo em bebida. Podem andar bem vestidos e são bem vistos pelas raparigas. Consideram inferior a si o simples trabalhador das linhas férreas e têm pelo trabalho da terra o maior dos desprezos.

Por mim tinha a certeza de entrar imediatamente numa turma no dia em que quisesses. Bastava que me dirigisse ao inspetor Lassen. Mas, por outro lado, não queria dever favores especiais a esse homem, assim como não queria ser maltratado pelos companheiros, que certamente não me veriam bem, tendo eu uma recomendação especial do chefe. Esse sentimento de inveja é muito comum entre estes "bons" companheiros.

Um dia o engenheiro veio falar comigo e disse:

— Há uma grande seca e o rio continua a baixar; os troncos estão todos juntos e é necessário que te dirijas ao homem que está na parte de cima do rio para separar as árvores.

— Creio que virá chuva por estes dias — disse eu, para dizer alguma coisa.

— Enquanto não vem, tenho de tomar as minhas precauções como se nunca mais devesse chover — respondeu ele, com uma expressão muito séria de menino que repete a lição.

Já que o caso era tão sério, tomei um ar compenetrado e prometi-lhe fazer tudo quanto a mim coubesse.

Por isso tive de continuar, malgrado meu, a minha vida de passeante rio abaixo e rio acima com a minha estaca e a minha bolsa de caça. Para meu entretenimento, comecei a afastar os troncos uns dos outros, desfazendo assim grandes "magotes" sozinho: cantava para mim cantigas em voz tão alta como se fosse uma turma inteira de trabalhadores. Levei também ao meu companheiro Grindhusen a ordem que tinha recebido e preguei-lhe um grande susto.

Entretanto, veio a chuva. Agora os troncos deslizavam sozinhos, como grandes serpentes pálidas, à tona da água. O engenheiro Lassen já podia perder os seus cuidados.

Quanto a mim, sentia-me mal no meu quarto da cidade. Desagradava-me ter acabado o trabalho. Tinha um quartinho só para mim, mas era demasiadamente aberto aos ruídos da rua; não podia estar à vontade. De vez em quando ia passear ao longo do rio e sentava-me nas escarpas a cismar. Escrevi muitas cartas, mas a maior parte delas não seguia o seu destino. O maior divertimento que encontrei, nesse tempo, foi errar aqui e ali, observando os homens e as pequenas coisas da vida.

Mas teria o engenheiro de fato perdido os seus cuidados? Comecei a duvidar. Por que não saía ele de casa mais vezes com a prima estrangeira? Principiava a encontrar-se de novo sobre a ponte com as senhoras da cidade e a conversar com elas muito tempo. Tinha-o visto algumas vezes com Luíza Falkenber: tão bonita e tão bem vestida! "Não há outra igual a ela na vila". Quando tornei a vê-la, enchi-me de irritação por senti-la tão fútil, tão frívola. O vestido, o traje e as maneiras, já eram diferentes. Tinha o ar desprendido de uma mulher que tem uma mancha na vida. E a mancha ainda estava tão fresca, tão recente! A sua antiga calma, o seu encanto todo feito de paz e de doçura, tinham desaparecido. Onde estava a luz dos seus olhos? Para onde tinha fugido o seu encanto de anjo? Agora se lhe notava no olhar uma audácia desconhecida até então: "Os seus olhos brilham como duas lanternas à porta de um "music-hall" — pensei.

Sem dúvida o par começava a divertir-se menos, visto que o engenheiro freqüentemente saía sozinho. Luíza ficava, às vezes, dias inteiros sentada diante da janela do quarto do hotel, com um livro na mão, a olhar o vácuo. Sem dúvida foi por esse motivo que o gordo "Irmão" reapareceu entre eles; talvez trouxesse aos outros uma parte da sua alegria e do seu bom humor. Pelo menos tentou, tanto quanto possível, alegrá-los. A cidade ouviu-lhe uma noite intera o riso e as chalaças. Mas a licença terminou e teve de voltar ao regimento. O engenheiro e a senhora de novo ficaram sós.

Uma noite eu estava no botequim, quando ouvi alguém contar que o engenheiro e sua "prima" tinham tido uma ligeira discussão. Era um vendedor de praça, um viajante, quem contava a história a um negociante. Mas a consideração em que todos tinham o engenheiro Lassen fez com que ninguém acreditasse nos contos do rapaz. — Naturalmente foi brincadeira entre os dois? — Foi você mesmo quem ouviu? Quando foi?

E finalmente o próprio vendedor, sugestionado, deixou de ligar importância ao que vira e ao que ouvira. Mas continuou a contar:

— Moro no mesmo hotel que eles e os nossos quartos são contíguos. A noite passada falavam tão alto que não tive remédio senão ouvir o que diziam. Ela recriminava, chorava, dizendo que ele já não era o mesmo, que a tratava friamente, que não lhe ligava importância; ele justificava-se e culpava a pequenez da cidade e a má língua que o impediam de andar ostensivamente com ela. Depois se calaram e então ela lhe pediu muito que despedisse de uma das turmas de flutuadores um homem, que não queria ver. Naturalmente tudo isto junto não tem importância nenhuma, são arrufos de namorados, mas que ela estava triste é um fato. A seguir ele prometeu que faria tudo quanto ela quisesse e que ia despedir o homem.

A atitude do rapaz mostrava claramente que ouvira mais, muito mais, mas que naquele momento não lhe convinha continuar a falar.

Eu próprio já notara diferença na atitude do engenheiro. Os seus modos desde o dia em que a fora buscar à estação eram, evidentemente, outros. Já quase não a levava a passear e quando, por acaso, saíam a rua juntos, ou passeavam pela ponte, poucas palavras trocavam. Obstinadamente ele não queria falar e ela caía num mutismo triste, que fazia dó. Como os homens são levianos! E como Deus fez o amor volátil!

A princípio devia falar uma linguagem amável e doce como a de todos os namorados: "Como a vida é linda — dizia ela — o rio parece rugir aos nossos pés, cantando uma canção sem fim. A cidade é pequena, mas onde nós estamos tudo é grande e belo". Depois veio o tédio, o terrível tédio que cai pesadamente sobre todos os sentimentos exagerados. Ele reconheceu que não podia viver eternamente ligado àquela prima estrangeira, sem se comprometer. A cidade era pequena, todos o conheciam, a situação tornar-se-ia insustentável se ela não quisesse ter juízo, ceder um pouco à opinião do mundo. No hotel já todos reparavam e falavam deles; era preciso que se separassem de vez em quando. Ela não queria compreender. Insistia em dizer que a cidade era tão grande agora como no dia em ela chegara, que a gente do hotel era a mesma e que se ao princípio podiam estar sempre juntos, nada impedia que continuassem. "Nada mudou, senão tu — dizia ela — nada mudou."

Ainda que a chuva continuasse caindo abundantemente e que os serviços se tivessem tornado por isso muito mais simples, o engenheiro decidira agora fazer de vez em quando viagem rio cima e rio abaixo. A expressão dos seus olhos mudara. Parecia a de um homem profundamente aflito, que se queria livrar de um mal-estar.

Um dia chamou-me e mandou-me subir o curso em busca de Grindhusen. "Será ele quem vai ser despedido?" — perguntei a mim mesmo. Mas era impossível; a senhora nunca o tinha visto, nem talvez soubesse da sua existência no mundo. Procurei Grindhusen e trouxe-o comigo; o engenheiro vestiu-se apressadamente e desapareu com ele no bosque que vai ter à cabana.

Na mesma noite Grindhusen veio ter comigo ao meu quarto. Tomara uns ares importantíssimos e dir-se-ia que tinha alguma coisa na ponta da língua para contar. Não ousei interrogá-lo; à noite alguns camaradas lhe deram aguardente e fizeram-no falar. "Quem era aquela prima que o engenheiro tinha em sua companhia? Quanto tempo ainda se demorava? A presença de Luíza Falkenbrg intrigava toda a gente: "Com primas daquele gênero era perdição pela certa" — explicava Grindhusen. — "O engenheiro faria melhor se casasse, em vez de se meter com perdidas. Ainda esta tarde lho disse". — "Disseste-lhe isso? — perguntaram todos. — "Disse e por que não lho havia de dizer? O engenheiro mandou-me chamar para conversar comigo. É muito meu amigo e é um grande senhor; deu-me duas coroas e pediu-me conselho". — "Conta o conselho que te pediu" — disseram os homens, mas eu interrompi: "Grindhusen não deve contar os segredos que lhe contam".

De repente compreendi a tortura moral em que se encontrava aquele homem. Para ter mandado chamar Grindhusen era porque se sentia profundamente aflito. Tinha pouca idade, pouca experiência e sentia necessidade de contar a alguém as suas tristezas. Passeava por toda a parte um semblante abatido e miserável: o semblante de toda a gente que se sente "vítima" e tem pena de si mesma. Aquele esportista de cara raspada e ancas demasiadamente largas, pedia ao público piedade e compreensão. Pobre espartano choramingas. Que falta de educação denotava a sua atitude. Faltava-lhe força para vencer o amor de si mesmo, não tinha orgulho nem energia.

Quando acabei a minha frase, Grindhusen olhou para mim espantado.

— Não devo contar o que me contam? Mas que direito tens tu de se meter na minha vida? Se quisesse contava-te também alguma coisa que sei a teu respeito, mas prefiro que seja o engenheiro a contar-te ele mesmo. É uma novidade que te vai dar muita alegria — e Grindhusen ria com uma expressão aparvalhada.

— O engenheiro mandou-me chamar para falar comigo de mulheres, sim senhores, de mulheres — afirmou, vendo o espanto geral. — Primeiro disse-me que estava triste e melancólico sem saber por que, depois tomou confiança disse-me que as mulheres eram o diabo. Disse-lhe o que me pareceu e aconselhei-o a fazer o que todos os homens de juízo fazem: usá-las enquanto prestam e depois pô-las a andar. Eu estava sentado numa cadeira aqui, e ele noutra como vocês aí. Nesta altura a conversa de Grindhusen perdera o interesse. Principiava a divagar sobre a importância que o engenheiro lhe dera e sobre os lugares em que estavam respectivamente sentados.

Na madrugada seguinte, às três horas, encontrei na rua o inspetor Lassen. Parou para me falar.

Eu estava equipado para a minha excursão rio acima e trazia a minha estaca e a minha bolsa de caça. Tencionava ir até à cabana de Grindhusen, que ainda se encontrava na cidade bebendo as duas coroas que ganhara.

O engenheiro não tinha aspecto de quem se levantara naquele momento. Parecia mais um homem que se não tinha deitado e conversava e ria com dois amigos que o acompanhavam; possivelmente, pela maneira como andavam, estavam os três embriagados.

— Vão andando — disse aos companheiros — preciso falar com este homem; depois se dirigiu a mim e perguntou:

— Para onde vais assim equipado?

Expliquei-lhe o que tencionava fazer, mas ele interrompeu-me:

— Não vale a pena ires; Grindhusen arranjará tudo sozinho, depois não gosto que os meus homens se permitam resolver coisas sem minha ordem.

No fundo talvez tivesse razão e portanto procurei desculpar-me.

O meu modo pareceu tê-lo irritado ainda mais e continuou acerbamente:

— Não admito que os meus empregado façam coisa alguma sem meu consentimento. De resto contratei-te para te ser agradável e dar-te trabalho; não precisamos mais de ti agora, vai amanhã ao escritório fazer as contas e desaparece.

Assim, era eu o homem que tinha de ser despedido! Agora compreendia o sentido das palavras de Grindhusen e o seu ar ameaçador. Luíza Falkenberg não podia suportar a minha presença que lhe falava da sua falta e da sua casa. Eu representava um pesadelo na sua vida; ver-me era revolver as recordações e avivar a tristeza. Nunca a tinha encontrado cara a cara, e as poucas vezes que a via nunca a cumprimentei, mas a minha delicadeza fora mal compreendida. Toda a minha má vontade se voltou contra o engenheiro e foi com muita secura que lhe perguntei se devia partir imediatamente. Talvez o verdadeiro sentido do meu sentimento ruim para com ele, não fosse unicamente filho do seu para comigo: ele era muito novo e eu um velho, a inveja às vezes põe a máscara para assaltar o espírito dos homens.

Na janela do hotel adivinhava-se uma forma branca por detrás das cortinas de casa. Aquela forma era a dela, a culpada das minhas desventuras, mas foi por ela ainda que me calei. Olhava certamente para nós e adivinhava o que se passava. Calei-me.

— Vai ao meu escritório receber o que te devo — disse o engenheiro. — Sabes quanto é?

— Não senhor, não sei; o senhor decidirá quanto me paga; a mim tudo me serve.

— Sim, sim — continuou ele, já num tom mais amigável. Tu és um bom trabalhador e não há dúvida que me foste útil... também a decisão que tomei de te mandar embora não é exclusivamente minha... sabes... as mulheres... as senhoras... Adeus, bom-dia, até logo.

Na tarde em que devia ir buscar o dinheiro do meu salário, fui passear no bosque. Pareceu-me que o tempo voava, quando me apercebi de que a noite já vinha caindo docemente. A solidão, os ruídos da floresta, os sonhos que tomaram conta de mim, impediram-me de contar as horas. Foi-me impossível, por isso, procurar o engenheiro.

A cidade, ainda que pobre e pequena, começava a prender a minha atenção. Não porque me tivesse tomado de amores por ela, mas porque entre as duas pessoas que vinha seguindo há muitas semanas, se levantara alguma coisa de muito interesse para mim. Agora que perdera o lugar nos trabalhos do rio, para continuar a ficar, tinha de procurar outro serviço. Pensei em entrar numa oficina de ferreiro, mas o ofício levava muitos anos a aprender e era precisamente de anos que estava mais pobre a minha vida.

Assim deixei escoar muitos dias: Passou a chuva e de novo voltou o sol e o calor. Fiquei tardes inteiras no meu quarto, passando, pregando botões, remendando as minhas velhas roupas e pondo as minhas coisas em ordem. Uma das criadas do hotel compadeceu-se de mim e veio uma tarde ao meu quarto oferecer-se para me ajudar a coser. Achei-lhe graça e para brincar mostrei-lhe o trabalho que já tinha acabado, fazendo muitos elogios à minha sabedoria de costureiro. "Olha para esta camisa, e aquelas calças, e estas meias". Quando se levantou para sair, sentimos bater à porta pancadas violentas e aflitas: "É Henrik, um dos empregados do engenheiro" — disse ela. De fora o homem gritava:

"Abram!" Perguntei-lhe se era o namorado que tinha ciúmes de sabê-la no meu quarto. "Namorado! Isso queria ele, só o namorarei quando todos os homens do mundo tiverem morrido." O homem, desesperado, continuava a gritar e a bater. Mas a pequena era valente e não se deixou intimidar; por vezes as pancadas que dava eram tão fortes, que a casa estremecia e a porta parecia querer ceder. Nós dois continuávamos calmamente conversando e brincando a respeito das minhas habilidades de costureiro. Quando acabamos de dizer todas as tolices que nos passaram pela cabeça, já o apaixonado rapaz tinha desistido e a minha amiguinha resolveu ir-se embora. Espreitei o corredor com medo — não estivesse Henrik escondido em qualquer canto — e deixei-a sair.

À noite, quando entrei no café onde se juntavam os trabalhadores, encontrei Grindhusen já sentado a beber. Ao pé dele Henrik conversava animadamente e dir-se-ia que tentava excitar os companheiros contra alguém e esse alguém devia ser eu. Grindhusen principiou a falar e percebi imediatamente que queria pôr-me fora de mim. Não lhe respondi.

Pobre Grindhusen! Vivia agora afundado no orgulho de ser confidente do inspector Lassen. Nessa tarde, pela segunda vez, tinham subido o rio conversando e novamente o engenheiro lhe dera uma luzidia peça de duas coroas que este mostrava a toda gente, com ar de superioridade. Desde que recebera as duas primeiras, não cessava de beber e andava sempre embriagado.

— Senta-te aqui ao pé da gente — disse.
Sentei-me.
Mas alguns dos companheiros não quiseram ficar na mesma roda onde eu estava, e, quando Grindhusen se apercebeu da sua má vontade, quis arreliar-me com as histórias do engenheiro e da prima.

— Foste despedido? — perguntou piscando o olho aos outros, como que prevenindo-os de que ia começar a brincadeira.

— Fui — respondi.

— Pudera, não é novidade nenhuma para mim; para mim, com o engenheiro, não há novidades; conta-me tudo. Antes de tu saberes, já eu sabia — e Grindhusen tirava uma longa fumaçada do cachimbo, arrogantemente. — Quem vai ocupar o teu lugar sou eu; foi o inspetor que me propôs: "queres o lugar daquele homem? Pois é teu".

— Foste despedido? — indagou por sua vez outro companheiro.

— Fui — tornei a responder.

— Quanto à prima — continuou Grindhusen — o engenheiro está muito atrapalhado com ela. Quer luxo no quarto, quer luxo na mesa, gasta um dinheirão em tudo e não o larga um instante. O rapaz não sabe como se há de livrar daquele tropeço. Ainda ontem quase chorou de desespero. "Se eu me pudesse desfazer dela" — gemia. "Mande-a embora, não lhe pague mais nada" — foi o conselho que lhe dei, mas ele tem muito bom coração e é novo demais para saber como se tratam as mulheres.

O fato de me terem despedido pareceu voltar para o meu lado todas as simpatias; acalmara-se aquele movimento surdo de revolta que se fizera quando entrei, e agora os companheiros juntavam-se à minha volta, interrogando-me. Um levou a sensibilidade até ao extremo de me oferecer um cálice de aguardente. Bebemos todos juntos à saúde uns dos outros e Henrik, o meu inimigo, esqueceu as ofensas que o seu cérebro ciumento tinha inventado contra mim, e também bebeu.

— Agora — disse outra vez Grindhusen que era de todos quem mais falava, tens de ir buscar o teu salário no escritório. "Aquele pensa que sou eu quem tem de o procurar para lhe pagar — disse-me o inspetor esta manhã — era o que faltava; se quiser receber o ordenado, que venha ele mesmo buscá-lo."

CAPÍTULO VIII

Ao contrário do que Grindhusen dissera, na manhã seguinte o engenheiro veio ao meu encontro e pediu-me para aceitar o dinheiro dos meus salários. Era uma vitória com

que não contava, mas não tinha importância para mim. Sempre detestei ganhar o que não me deu trabalho a conseguir.
O engenheiro encontrou-me na rua e disse-me.
— Vem até ao hotel receber o teu salário. Também lá tenho uma carta para ti que chegou pelo correio desta manhã. — Tudo isto me foi dito com muito bom modo e mesmo certo ar de quem me está pedindo um favor.
Quando entramos no escritório, encontramos Luíza Falkenberg. Cumprimentei-a muito de leve, continuando a querer dar-lhe a idéia de que não a tinha reconhecido e parei respeitosamente ao pé da porta.
— Faz favor de se sentar — disse-me ela amavelmente.
— Enquanto fazem as suas contas! — esteja a gosto e abra a sua carta.
Ela mesma me indicou uma cadeira.
Fiquei pasmado com tanta gentileza e principalmente com o ar intrigado que tomava olhando para mim. Não tardei a compreender a razão de todos aqueles "faz favor" e de todas as amabilidades: a carta era do capitão Falkenberg.
— Precisa da faca de cortar papel? — perguntou Luíza cada vez mais amável.
A carta não tinha a mínima importância para ela e desde o princípio até ao fim mantinha um tom amigável e por vezes alegre. "Deixaste aqui o teu dinheiro. — Felizmente não estou ainda precisando de ficar a dever aos meus empregados, mas tu pareces que podes viver de ar e vista de mar. Peço-te que venhas logo que possas a Oevreboe, onde já se começa a respirar e a ver crescer as sementeiras que plantamos. A casa precisa ser pintada, como tão bem disseste na primavera e espero por ti para esse serviço. Responde logo que possas a esta carta. Teu amigo capitão Falkenberg."
Enquanto lia, observava pelo cantinho do olho o engenheiro que se torcia na cadeira incapaz de fazer nada com jeito, tal era o nervosismo que o assaltava. A senhora também mal podia respirar e tossia, mexia nervosamente nos anéis, e mudava constantemente de lugar. Quando acabei, o engenheiro perguntou-me atrapalhado: "Vejo que a carta é do capitão Falkenberg. Como vai ele?"

— Quer ler? — perguntei, querendo acabar com a tortura que lia nos olhos dele.

— Não, obrigado — foi a resposta dele, mas pegou na carta e principiou a lê-la. Ela também se chegou e, por cima do ombro do engenheiro, foi lendo tudo até ao fim.

— Felizmente está de saúde — disse Lassen, quando acabou; mas a senhora não se contentou com a leitura pegou na carta, indo estudá-la para um canto do quarto. Nas suas mãos pequeninas o papel branco tremia, e sem querer pensei noutro papel de carta que numa noite de luar vira alvejar naquelas mãos.

— Toma o teu dinheiro — disse por fim o engenheiro.
— Vê se te contentas com o que te pago.

— Obrigado — disse eu.

O engenheiro parecia aliviado com o que lera na carta do capitão. Decerto, quando a viram chegar, tremeram ambos como ladrões. O saber que nela não havia nada que não dissesse respeito exclusivamente a mim, tirava-lhes de cima um peso de cem quilos.

A senhora estava de pé e continuava lendo. Depois que acabou, durante muito tempo os seus olhos cinzentos fitaram a carta, imóveis. Que estaria pensando?

O engenheiro impacientava-se com a demora dela:

— Queres decorar a carta?

— Perdão — disse a senhora, dando-ma com um gesto distraído e brusco. — Esqueci-me completamente de que estava aí à espera.

— Também me parece — resmungou ele mal-humorado.
Dei as boas-tardes e deixei-os.

Nas tardes de estio, a ponte grande está cheia de passeantes. Velhos professores, comerciantes, raparigas novas, velhas, crianças; espero que seja tarde e toda a gente se tenha ido embora para, pôr minha vez, ir passear. Fico durante horas em pé no meio da ponte, ouvindo o barulho da água que troveja lá no fundo, escutando mil vozes que me falam de mim e de mais alguém. Não tenho outra ocupação senão pensar. Às vezes penso coisa absurdas, penso que me chego a ela e lhe digo: "Fuja daqui, parta no primeiro comboio, nesta cidade espera-a a desgraça e o abandono." — Mas, logo a seguir, o meu bom senso intervém e rio-me de mim mesmo e da resposta que ouviria se ousasse falar assim com ela. À noite passada, tratei de dizer a minha frase, mas a mim mesmo. "Vai-te embora, velhote, parte pelo primeiro comboio".

Mato o tempo com sonhos e fantasias, mato o tempo que me matará um dia, pensando coisas nebulosas e impossíveis.

A queda de água enche os meus ouvidos de sons estranhos que me fascinam. O barulho do mar também é monótono e constante, mas tem um fim e um princípio. Sente-se o desfecho no rolar da onda, há momentos de dinâmica diferentes, a água, espraia, rola, recua; uma queda de água é um ruído contínuo, idêntico, inexpressivo. Não há a mínima modalidade, nem a mínima síncope. Parece um milagre de idiotismo, um milagre de lentidão e sono.

É com idéias destas que mato o tempo.

— Boa-noite! — ouço por trás de mim a voz de Luíza Falkenberg.

Não me admirei nada da sua presença. Estava à espera dela. Espero-a constantemente, eternamente.

Da sua presença podia deduzir duas coisas: ou tinha sentido dentro de si o desejo de ouvir falar mais uma vez do seu lar, da sua casa, ou pretendia fazer ciúmes ao engenheiro que talvez a estivesse espreitando da janela do quarto. "Será sentimentalidade ou velhacaria?" — perguntava a mim mesmo. O engenheiro dera mostras de impaciência quando a vira ler com tanta atenção a carta do marido.

Mas o decorrer do nosso diálogo provou que nenhuma das hipóteses era acertada. Vinha exclusivamente pedir-me desculpas por ser a causadora de eu ter sido despedido.

Pensei um instante em dizer-lhe que se fosse, mostrando-lhe o comboio, mas acabei por lhe falar docemente como se fala a um irresponsável ou a uma criança.

— Vai talvez partir para Oevreboe — disse ela — talvez te seja desagradável sair daqui?... Hum!... Não sei se tens pena!... Não? Ainda bem, porque fui eu quem pediu ao engenheiro para te mandar embora.

— Não faz mal.

— Ah! Bom. Então sabias que tinha sido eu! E agora que vai voltar para Oevreboe queria dizer-te que... me era desagradável a tua presença, não por ti, mas por teres sido uma pessoa de casa, compreendes?

— Que eu estivesse aqui lhe era desagradável — disse eu sem saber muito bem o que dizia.

— É claro, não era por ti, pela tua pessoa, era simplesmente porque me custava ver-te. Tu sabes quem eu sou e donde venho, de maneira que pedi ao engenheiro que te não desse mais trabalho. Ele não queria a princípio, mas acabou por me fazer a vontade. Agora estou contente que voltes para Oevreboe.

— Ah! Mas então, quando tornar a ir para casa, quer mandar-me outra vez embora? — perguntei.

— Para casa! Eu não, nunca mais voltarei para casa.

Parou de falar e franziu as sobrancelhas. Depois baixou a cabeça e sorriu.

— Desta maneira estou perdoada pelo transtorno que te fiz?

— Certamente. Tem alguma razão para querer que não volte a Oevreboe? — perguntei.

— Não, volta. Já te disse que estou contente que voltes.
— Dizendo isto, olhava para mim bem de frente, fitando-me com os seus grandes olhos cinzentos.

Foi-se embora. Tive vontade de correr-lhe atrás e dizer-lhe tudo quanto pensava do engenheiro, da vida, do rio e do mundo, mas pensei mais uma vez: "Velho idiota! Julgaste que no teu coração as mulheres eram simplesmente uma página de literatura, mas quando há pouco ela te olhou dentro dos teus olhos, a tua alma refloriu. Tem vergonha de ti mesmo e vai embora amanhã pela manhã".

Mas no dia seguinte não parti.

Passei longos dias procurando saber coisas a seu respeito. Logo de manhã, pensava: "Já se terá levantado? Voltará hoje para casa? Dormiu bem?" Depois, desprezava-me e chamava-me tolo, mas os sonhos continuavam a assediar a minha fantasia. Pensava em ir pedir trabalho ao hotel onde morava, para vê-la mais vezes, pensava em escrever para casa pedindo outras roupas, as roupas que fazem de mim "eu". Como era precisamente esta a maneira de Luíza nunca mais me falar, se me visse metamorfoseado num "senhor", como a coisa mais estúpida que poderia fazer era vesti-las, também era essa exatamente a coisa em que mais pensava. O cérebro humano tem destas contradições. Comecei a tomar amizade ao carregador do hotel, ao rapagão forte e estúpido como uma porta. Não havia maneira de trocar com ele duas idéias em seguida, mas vivia debaixo do mesmo teto que ela e isso me bastava para ter por ele uma simpatia incomensurável. Um dia a minha amizade com esse homem valeu-me uma grande informação sobre a senhora.

Tínhamos ido ambos à estação buscar as malas de um viajante e quando chegamos ao hotel ele me pediu que o ajudasse a pô-las no quarto. "Se quiseres fazer-me mais esse favor, dou-te logo à noite uma garrafa de cerveja."

Quando chegamos ao segundo andar, o rapaz entrou sozinho no quarto e eu, que não era da casa, resolvi ficar esperando, a sua volta, no corredor.

Então abriu-se a porta do quarto do engenheiro, e saíram ele e Luíza Falkenberg. Tinham o aspecto de pessoas que acabam de levantar-se da cama e vinham ambos sem chapéu; dirigiam-se sem dúvida à sala de jantar. Logo que os vi, encostei-me à parede, para não ser notado, e pude ouvir o que diziam.

— Não compreendo a razão por que te sentes abandonada. Não há mudança nenhuma entre nós.

— Compreendes, eu sei que compreendes — respondeu ela.

— Não. Não percebo a razão de estares sempre tão tristonha; é aborrecido.

— A culpa é tua, estou triste e mais que triste, tenho razões e são muitas e grandes. Há quanto tempo espero pelo dia do nosso casamento!

— Estás doida! — exclamou violentamente, parando na escada.

— É bem possível — concordou ela.

A pobre não sabia discutir. Abandonava sempre a questão sem ter dito o que era preciso para convencer o adversário. Por que não lhe falava ela brutalmente, esmagadoramente, mostrando-lhe todo o mal que lhe fizera, o que lhe fez perder para satisfazer o seu desejo?

Ele ficou um instante parado, acariciando distraidamente o corrimão da escada.

— Esta situação é insustentável — disse por fim. — Nem tu, nem eu a poderemos agüentar por mais tempo. Estou cansado, abatido, e não posso mais.

— Nem eu — respondeu ela. — Quero acabar com isto de uma vez.

— Já na semana passada disseste o mesmo...

— Mas não fui embora — atalhou ela. — É isso o que queres dizer?

E como ele não respondesse, continuou:

— Desta vez vou.

— Vais?

— Logo que possa.

Então ele quis mascarar o impulso de alegria que lhe tinha invadido a alma e disse-lhe alegremente:

— Não, tu vai mas é tornar a ser uma prima divertida e alegre, vais ficar comigo ainda uns dias.

— Agora é forçoso que parta, nada me fará ficar. Passou diante dele e desceu a escada depressa.

Ele seguiu-a.

O carregador voltava a buscar a outra mala; ajudei-o a pô-la às costas e voltei para o meu quarto. Nada mais me prendia àquela cidade, poderia partir no dia seguinte e ia partir.

No decorrer daquele mesmo dia, o engenheiro chamou Grindhusen e exprobrou-lhe o comportamento. Numa palavra, chamou-lhe bêbedo, mandrião e despediu-o. Já não precisava dele.

— Pensei: "Já tomou coragem! A incômoda prima vai embora de maneira que Lassen atira fora sem cerimônia o seu conselheiro de há dois dias. Não mais precisava de apoio, mandava o antigo amigo às favas. Não sei se pensando assim a minha velha alma fazia uma justiça àquela mocidade".

Grindhusen estava tristíssimo. Tinha sonhado passar o resto do verão na cidade, bebendo e passeando, tinha suposto continuar a manter, ainda por muito tempo, o seu lugar de confidente e factótum do inspetor da flutuação, e via os seus sonhos por terra, reduzidos a nada. Ah! O inspetor deixara de ser um pai para ele! Grindhusen suportava sem elegância a sua desilusão. "Calcula que ainda queria deduzir do meu salário as três coroas que me deu de gorjeta."

— E deduziu? — perguntou rindo um companheiro.

— Não deduziu as três, deduziu só uma. — Todos riram e o velho Grindhusen continuou os seus queixumes.

— Mal qual delas foi a que deduziu — perguntou alguém — a primeira, a segunda ou a terceira?

Grindhusen não ria, antes pelo contrário se preparava para enxugar os velhos olhos a um velhíssimo lenço. "E agora que vou eu fazer com esta idade e sem trabalho?" — Quando lhe contei que voltava para Oevreboe, pediu-me que o levasse comigo. Levá-lo pareceu-me impossível, mas disse-lhe que esperasse porque pediria ao capitão Falkenberg trabalho para ele, nas futuras sementeiras. Entretanto o aconselhei a que ficasse na cidade à espera de notícias minhas.

Depois refleti e resolvi não partir sem ele. O capitão certamente não lhe negaria trabalho; de mais a mais havia pinturas a fazer, o que empatava muita gente. Grindhusen sabia pintar, já uma vez o vira pintando uma granja.

Depois facilmente se arranjaria qualquer maneira de o ocupar.

No dia dezesseis de julho estava de volta a Oevreboe. Cada vez me lembro das datas com maior nitidez. Uma das razões é por que estou mais velho, outra por que, sendo operário, tenho de fazer a conta dos dias de trabalho. Mas enquanto os velhos se tornam cada vez mais fortes em memória de datas, esquecem completamente acontecimentos importantes. Assim me esqueci de dizer que a carta que recebi do capitão Falkenberg era endereçada ao engenheiro Lassen. Era um fato muito importante que o capitão soubesse para quem eu trabalhava naquele tempo, principalmente porque, estando assim bem informado, era natural que soubesse também toda a gente que vivia junto do engenheiro.

O capitão ainda se demorava no campo de manobras, mas Grindhusen foi bem recebido por todos. Ninguém se lhe opôs à entrada, e eu fiquei contente de ter podido ajudar o meu amigo.

Nils mandou-o imediatamente iniciar as pinturas. Primeiro era preciso raspar tudo e endireitar; foi esse trabalho o que distribuiu a Grindhusen.

Continuava o mesmo entusiasta do trabalho e ninguém o via parado um instante. Numa pausa, enquanto os cavalos descansavam, mostrou-me os campos que já amadureciam para a colheita. Como a primavera fora tardia, a cevada mal começava a espigar, mas muito carregada, com as últimas chuvas estava toda deitada no chão, o que significava colheita abundante.

Voltamos através dos grandes campos de trigo e Nils dizia de vez em quando versos de Björnson:

Começa como um murmúrio nos trigais, o quente estio.

— Bom! Agora tenho de atrelar outra vez os cavalos — disse ele, estugando o passo. — Bela colheita, Deus queira que se possa recolher todo o grão antes das chuvas do outono.

Depois resolveu dar outro trabalho a Grindhusen. Mandou-o para o campo. Eu dediquei-me à pintura das casas. Primeiro à granja e a tudo quanto devia ser pintado de vermelho. Também aparelhei o mastro da bandeira e o pavilhão no bosque dos lilases. A casa de habitação deixei-a para mais tarde. Era de bom estilo burguês, ornamentada com frisos de madeira "à grega", e uma varanda bem proporcionada. Atualmente se achava pintada de amarelo e o capitão tinha mandado vir mais tinta da mesma cor para tornar a pintá-la. A meu ver ficaria muito mais bonita se fosse pintada de cor de cinza, com as janelas e as portas brancas. Mas tinha de esperar a vinda do capitão para decidir.

Apesar da boa vontade dos meu companheiros e da mansidão da cozinheira, senhora absoluta de tudo, a presença dos patrões fazia-nos falta a todos. Só Grindhusen se mostrava completamente feliz. O pobre homem, desde que comesse com fartura e tivesse onde dormir bem, sentia-se perfeitamente satisfeito. A sua única preocupação era o medo que tinha de ser despedido quando chegasse o capitão. Mas por esse lado ficou plenamente descansado, porque foi permitido ficar.

CAPÍTULO IX

Por fim o capitão chegou. Estava eu precisamente dando a última demão na pintura da granja, quando lhe ouvi a fala, e desci da escada para dar-lhe as boas-vindas.

— "Como te foste sem receber o teu salário..."

E tive a impressão de que me olhava interrogativamente como se me perguntasse: "Por que foi aquilo?"

Expliquei-lhe o melhor que pude qual tinha sido a minha intenção. Disse-lhe que preferia ter o meu dinheiro na mão dele e que nunca me passara pela cabeça fazer-lhe com isso um favor.

Pareceu contente com as minhas razões e disse:

— Sim... sim... está certo. Fizeste bem em vir. Não achas que é preciso pintar o mastro da bandeira de branco?

Não ousei logo de entrada contar-lhe que queria alterar a cor da casa e contentei-me com responder-lhe:

— Precisei de mandar comprar um pouco de tinta branca.
— Fizeste bem! Disseram-me que também tinhas trazido um camarada para trabalhar contigo, verdade?
— Trouxe, mas não sei qual a sua opinião a esse respeito.
— Está bem, pode ficar, visto que Nils já o mandou para o campo. De resto vocês dois fazem de mim o que querem — disse em tom de brincadeira. — Estiveste a trabalhar no rio?
— Estive.

Mas como se me não quisesse interrogar sobre os meus trabalhos com o engenheiro, mudou bruscamente de assunto:
— Quando principiamos a pintura da casa de habitação?
— Pensei começar esta tarde, mas primeiro é preciso remendar por aqui e por ali.
— Decerto. Também são preciso pregos em toda a parte onde os vigamentos dêem a impressão de terem cedido. Já estiveste nas terras de semeadura?
— Estive ontem de manhã.
— O ano apresenta-se bem. Vocês trabalharam valentemente na primavera; agora era preciso que chovesse um bocado para regar as terras lá de cima.
— Grindhusen e eu passamos, quando para aqui viemos, por terras que precisam bem mais de água que as suas. Aqui há um fundo argiloso, mesmo nos terrenos altos, que conserva a umidade.
— É verdade. Mas quem to disse?
— Fiz por aí uma volta esta primavera — respondi — Nalguns pontos furei um pouco o solo. Tinha a impressão que mais cedo ou mais tarde o capitão viria a precisar de instalar um conduto de água para abastecer a casa, de maneira que me pus a estudar a terra.
— Um conduto de água? Sim, era bem preciso; tenho já muitas vezes pensado a sério em fazer uma instalação dessa natureza, mas nunca tive disponibilidades. O dinheiro não chega para fazer tudo ao mesmo tempo, além disso este ano tenho um bom emprego para os meus capitais.

Por alguns momentos pareceu refletir. Uma funda ruga se lhe cavou entre os sobrolhos e pregou os olhos no chão, fixamente.

Depois disse como se falasse sozinho:

— Com mil dúzias de árvores de sete polegadas cubro a minha dívida e ainda me há de sobrar dinheiro. — Depois tornou a falar comigo: A água teria de abastecer a casa e a granja; é uma obra muito grande.

— Mas não temos rochas para demolir, o que facilita muito o trabalho — respondi.

— Ah! Sim, sim, mas havemos de pensar nisso mais tarde. Gostaste de estar na cidade? Não é um grande centro — e o capitão sorria — mas de vez em quando lá chega um ou outro estrangeiro pelo comboio.

"Na verdade — pensei — chegou alguém pelo comboio que vinha para a casa do engenheiro Lassen". Mas disse-lhe unicamente que não tinha gostado nada de estar na cidadezinha.

Como se não tivesse ligado importância à minha resposta, o capitão principiou a assobiar e foi-se embora sem mais uma palavra.

Agora o capitão voltava a ser o homem que fora há seis anos. Tinha uma expressão enérgica nos olhos e um ar resoluto em todos os gestos. A vida que levara não o tinha estragado completamente. Apenas o amputara durante certo tempo da vontade e da energia que sempre tinha mostrado. A base do seu caráter tinha-se conservado inalterável.

Veio chuva e tive de interromper o trabalho das pinturas. Nils tivera a sorte de recolher todo o feno antes do mau tempo e agora ocupava todos os criados e todas as criadas da casa no serviço dos batatais.

Na atitude do capitão lia-se, todavia, um profundo aborrecimento. Entrava e saía de casa andando vagarosamente, como que absorvido numa idéia. De vez em quando batia distraidamente algumas notas no piano. Andava no campo, mesmo debaixo de chuva, desabrigado e acontecia-lhe ficar molhado até os ossos. Às vezes nos dizia: "Este ano vai ser um ano de ouro" — ou ainda: "está um tempo de cão, esta chuva não há meio de passar". Parecia muito entusiasmado com o andamento da lavoura, mas quando entrava em casa reentrava no tédio e na solidão. Nils dizia por vezes: "Também nós nos sentimos sozinhos e desgraçados".

Quando acabamos com as batatas, agarramo-nos aos terrenos das beterrabas, e quando acabamos as beterrabas já a chuva tinha passado. Nils e eu estávamos tão satisfeitos quanto era possível com este estado de coisas. A parte do nosso trabalho satisfazia-nos, mas a ausência da senhora parecia ter deixado um imenso vácuo em Oevreboe.

Depois começou a ceifa grande; tornamos a mobilizar as criadas todas da casa, que traziam os feixes que a máquina ia cortando. Nils tinha a tarefa de ceifar à mão em toda a parte onde a máquina não pudesse ir. Eu recomeçara a pintura.

O capitão perguntou-me:

— Que diabo fazes tu com essa tinta de que te serves?

Acobardei-me de lhe responder definitivamente e disse:

— Faço unicamente o fundo. Não tem importância a cor que se emprega nesta primeira camada.

Desta forma ganhei tempo; o capitão pareceu satisfeito com a minha explicação.

Quando acabei de pintar a casa de cinzento e as portas em branco, principiei com o pavilhão, mas ali a pintura amarela do fundo via-se à transparência e dava-lhe um ar terrivelmente feio e sujo. Na casa acontecia o mesmo. Depois desci o mastro e pintei-o de branco. Durante muitos dias não podia trabalhar mais, enquanto a tina não tivesse secado, de maneira que fui para o campo ajudar Nils. Estávamos no princípio de agosto.

Quando recomecei a pintar a casa, usei de um truque. Decidi levantar-me tão cedo que, quando o capitão por sua vez se levantasse, a pintura já fosse tão adiantada que não valesse a pena mudar o que já estivesse feito. Eram três horas da manhã quando dei início ao meu trabalho. As paredes ainda estavam úmidas do orvalho da madrugada e tive de as enxugar com um saco. Depois tomei o meu café às quatro e trabalhei até às oito, hora que o capitão costumava aparecer; então fugi e fui ter com Nils. A minha pintura já estava muito adiantada e se fugi foi para dar tempo ao capitão a que se reconciliasse com a cor de cinza que lhe tinha escolhido, no caso de se ter levantado de mau humor.

Quando acabei a minha refeição das dez horas, reapareci e pus-me a pintar com uma cara muito inocente. Chegou por fim o capitão.

— Estás a dar a última demão em cinzento? — perguntou.
— Bons-dias, estou, mas não sei...
— Mas quem diabo te mandou? Desce da escada!

Desci, mas já perdera o medo. Encontrara meia-dúzia de palavras que tencionava dizer-lhe para o convencer.

Ainda tentei convencê-lo de que a segunda camada não tinha importância, mas o capitão disse:

— Asneira, não vês que o amarelo em cima desse cinzento vai dar impressão de que está tudo sujo?
— Mas então talvez pudéssemos pintar mais duas camadas por cima desta, sendo essas duas amarelas.
— Quatro *"coats"*... Não. E depois a tinta que empregas tem muito branco de zinco e o branco de zinco é muito mais caro que a oca.
— O capitão devia deixar-me pintar a casa toda de cinzento...
— Hein? — perguntou estupefato.
— Sim senhor, a casa ficava muito mais bonita desta cor, e o fundo de árvores que lhe faz o encosta, ajuda ao conjunto. Além do que a casa tem um estilo.
— O estilo cinzento?...

Fiz-me então mais inocente, que nunca e resolvi, com o auxílio do Altíssimo, conseguir o meu fim; algum jeito deveria haver...

— Sempre imaginei ver esta casa pintada da cor das antigas casas senhoriais; aliás a idéia não é minha, foi a senhora quem a inspirou.

Observava-o sorrateiramente. Primeiro estremeceu e depois tirou da algibeira o lenço para esfregar os olhos, fingindo que lhe tinha entrado um grão de poeira.

— Ah? Ela achava que a casa ficava melhor dessa cor?
— É verdade, já foi há muito tempo que mo disse. Mas era a opinião dela.
— Tolices! — disse, e foi-se embora.
Ouvi-o tossir fortemente ao longe, no pátio.
Passou um momento. Eu ficara com o pincel no ar sem saber se devia continuar ou interromper o meu trabalho. Daí a meia hora o capitão olhou por uma janela da casa, e como me visse parado, disse:
— Podes continuar nessa cor. Agora depois da asneira feita, não vale a pena desmanchar tudo — e fechou com força a janela que encontrara aberta.
Continuei a pintar.
Outra semana passou. Alternadamente trabalhava na ceifa e pintava. Grindhusen continuava a não ser grande coisa em nenhum dos trabalhos, mas Nils não estava descontente com ele. Este último trabalhava cada vez mais e mais entusiasticamente.
Enquanto pintava a casa, dando-lhe a última camada de tinta — a casa ficava linda com os caixilhos brancos e as paredes cinzentas — o capitão veio ter comigo e principiou a falar de coisas indiferentes. De repente tirou o lenço, como para enxugar o suor, que não podia ter no rosto porque não estava calor nenhum, e disse com ar de quem se desculpa:
— Sim, agora que já estavas tão adiantado não vale a pena desmanchar. Além disso a casa ficou bonita, ela tinha gosto... Tolices, mas fica bonita, não há dúvida.
Não respondi.
O capitão continuava limpando o rosto com o lenço:
— Está um dia quente! Que estou eu a dizer?... não tu encontraste a cor precisa. Há bocado lá de baixo olhei e reparei que o efeito é deveras bom. Ela tinha gosto, e como o trabalho já estava principiando...
— Acho que o capitão tem razão — respondi para cortar a sua aflição.
— Foi a única coisa que te disse com respeito a pinturas? Sim, a minha mulher disse-te mais alguma coisa que desejasse mudar?...

— Isto já se passou há muito tempo... Não me lembro de mais nada...

— Não tem importância nenhuma, a casa está deveras bonita. Nunca pensei que ficasse tão bem mas deves precisar de mais tinta branca.

— Não, capitão, já troquei toda a tinta amarela por esta.

— O que, trocaste a tinta? — e o capitão sorria.

O meu truque pegara em cheio.

Tive de parar o meu trabalho para recolher o último feno. De noite pintava durante uma hora, ajudado por Nils que caiava o pavilhão. Até Grindhusen nos ajudou. Não era assim um grande pintor, mas sempre servia para um muro, ou uma cancela.

Por fim terminamos. As casas pareciam outras e tinham um ar senhoril que se casava bem com a grandeza do bosque e a paisagem da planície. Depois limpamos o bosque dos lilases; e o parque de Oevreboe também tomou outro aspecto. Estava lindo.

Quando começamos a colheita da aveia já as chuvas do outono caíam abundantemente; mas continuávamos a ceifar; por instantes brilhava o sol. Tivemos de por tudo a secar nos secadores. Tínhamos ainda grandes campos de cevada, aveia e centeio, que ainda não estavam no ponto de serem colhidos.

O capitão mandava-me muitas vezes ao correio levar e trazer correspondência. Uma das vezes levei uma carta endereçada à senhora. Essa carta estava escondida no meio de um grande maço e era dirigida à residência da mãe em Christianssand. Quando à noite voltei a casa, a primeira palavra que ouvi do capitão foi: "Puseste tudo no correio?"

— "Sim" — respondi.

Algum tempo passou e, durante os longos dias de chuva, o capitão chamou-me muitas vezes para ir pintar diversos objetos dentro de casa. Mostrou-me as cores de laca que mandara vir e disse:

— Primeiro tens de pintar a escada; é o que está mais precisando. Encomendei uma passadeira vermelha para substituir a velha que está horrorosa. Depois há algumas janelas e portas que têm a tinta toda caída e também precisam de pintura. É um trabalho que tem de ser feito urgentemente. Desleixei-me demais noutros tempos.

Fora de dúvida o capitão tivera boa idéia. Durante muitos anos, os anos em que Oevreboe tinha sido um centro de amigos e de pândegas, ninguém pensara em consertar nada dentro daquela casa, mas agora que se achava sozinho tinha de novo olhos para o seu lar; era uma espécie de ressurreição. Examinei tudo de alto e baixo e determinamos o que havia a fazer. Vi quadros e esculturas, vi pinturas de Askevold e do grande Dhal. Deviam ser peças herdadas. O quarto da senhora, no segundo andar, parecia um quarto habitado ainda; os vestidos estavam nos armários e os *bibelôs* em cima das mesas. Toda a casa tinha um ar distinto, antigo e senhoril; altos tetos estucados e paredes ornamentadas de tapeçarias antigas. A larga escada tinha corrimões esculpidos e barras de metal segurando a passadeira.

Quando estava a meio do meu trabalho, o capitão chamou-me e disse:

— Ainda temos muito trabalho nos campos, mas como a minha mulher vai voltar agora, era bom dar primeiro um jeito à casa toda.

Pensei: "Aquela carta que fui levar ao correio há poucos dias era sem dúvida chamando-a, mas há muito tempo que partiu e ainda não houve resposta. Talvez tenha preparativos a fazer, ou lhe custe afrontar as velhas paredes que deixou."

A pintura continuava avançando, mas o capitão tinha tanta pressa que não se contentava com o andamento que lhe podia dar. Os outros serviços exigiam às vezes a minha ajuda, de maneira que mandou vir Lars, para substituir-me no campo. Nils não gostou da troca porque Lars não lhe obedecia nunca sem resmungar primeiro. Noutros tempos fora ele quem ocupara o lugar que agora pertencia a Nils, de maneira que tinha a mania de saber tudo melhor que os outros.

Mas a chegada da senhora tardava. "Talvez não venha" — pensava eu a medo. "Talvez não se possa resignar a sentir-se diminuída aos nossos olhos".

A pintura já estava completamente seca, os quartos todos renovados e lindos, mas a senhora não voltava.

Apanhamos cevada e fizemos a última colheita de aveia; o capitão andava como uma alma penada, assobiando tristemente em volta da casa vazia, e Luíza não voltava. Quantas vezes o encontramos olhando o trabalho; acompanhava-nos sem dizer uma palavra nem despregar os olhos do chão. Quando lhe fazíamos alguma pergunta, respondia imediatamente; não tinha o aspecto distraído daquele que geralmente pensa fixamente numa só coisa. O capitão, apesar de absorto, ainda tinha a cabeça no lugar.

Mais uma vez fui ao correio buscar e levar correspondência. Dessa vez tive a alegria de trazer uma carta da senhora; marcava-a o carimbo de Christianssand. Deitei a correr para casa, como se tivesse medo de chegar atrasado. O capitão pegou devagar no maço todo das cartas, e devagar começou a vê-las uma a uma. Quando chegou à carta da mulher, reuniu o maço sem ver mais para diante, e voltou lentamente para casa.

No dia seguinte foi ele próprio arranjar e azeitar o *landau*, mas só dois dias depois se serviu dele. Foi uma tarde, já quase à noitinha, que nos disse que precisava de um homem para conduzir os cavalos. Queria levar o *landau*, receando chuva, e não conduzia ele mesmo porque ia buscar a senhora que voltava do estrangeiro.

Nils achou que era Grindhusen o que menos falta lhe fazia, de modo que foi ele a ir à estação.

Todos nós ficamos a trabalhar nos campos. Ainda havia muito que fazer, mas Ragnilde e a leiteira davam-nos uma grande ajuda; eram ambas novas e ardentes.

Poderia ser divertido trabalhar com o velho companheiro Lars, mas como ele e Nils se davam muito mal, não havia bom humor, nem conversa possíveis. Pesava entre nós um silêncio sepulcral, que esfriava a alma. Lars parecia se ter esquecido da animosidade que tivera contra mim, mas como Nils era muito amigo, Lars não me dirigia quase a palavra.

    Nils resolvera mandar lavrar os campos muito mais cedo este ano, seguindo assim modernas regras de agronomia que tinha estudado. Lars respondeu-lhe redondamente que os não lavrava porque nunca se tinha visto lavrar antes de colher toda a sementeira:

    "Mas vamos lavrar onde já está colhido" — e Lars, depois de muita discussão, resolveu obedecer e lá foi de muito má vontade com os cavalos para o campo.

    Lembrei-me que tinha deixado ainda algumas peças de roupa em casa de Ema, mas enquanto Lars estivesse daquela forma intratável não valia a pena ir buscá-las.

CAPÍTULO X

    O capitão e a senhora chegavam aquela tarde, Nils e eu conferenciamos para decidir se devíamos ou não içar a bandeira no mastro festejando a chegada. Tanto um como o outro tínhamos receio não sei de que. Por fim o meu companheiro teve um gesto de valentia e içou a bandeira, que ondulava triunfalmente no topo do mastro todo branco.

    Quando a senhora se apeou do *landau*, olhou muito para a casa e bateu palmas. Depois a ouvi dizer algumas palavras a respeito da escada, que achou linda.

    Grindhusen veio falar comigo e perguntou espantado: "Que quer isto dizer? O capitão é casado com ela?" — "Com certeza — respondi — não há nada mais natural do que um homem ser casado com a sua mulher; por que demônio perguntas tu isso?"

    — Mas ela é a prima do outro. Dou a minha cabeça a cortar se não é a mesma que estava com o inspetor da flutuação.

    — Disparate! Naturalmente são irmãs, mas a mesma não pode ser.

— Dou-te a minha cabeça a cortar, já te disse.
— Está bem, mas nada impede que sendo mulher do capitão seja também prima do engenheiro. E nem tu nem eu temos nada com isso.
— Logo que a vi, reconheci-a. Ela também pareceu reconhecer-me e estremeceu de susto. Mas então era a mulher do capitão Falkenberg quem...
— Como chegou ela, vinha abatida ou alegre?
— Não sei, mas vinha com certeza!
Grindhusen abanou a cabeça com ares entendidos: "Também a deves ter visto com o engenheiro, mas a reconheceste?"
— Responde Grindhusen, vinha triste ou alegre?
— Alegre? Devia vir alegre. Falavam ambos duma maneira esquisita quando estavam na carruagem, mesmo na estação diziam coisas que eu não compreendia. "Não sei se me perdoas" — dizia ela, e ele respondia: "O que fiz, fi-lo também por mim". Já alguma vez ouviste alguém falar assim? E depois devem ter chorado os dois. "Mandei pintar a casa toda para te receber" — dizia o capitão. — "Fizeste tudo isso por mim!" — dizia ela. Então falaram de uma chamada Isabel. "Nunca esteve nos meus pensamentos" — soluçava o capitão, e a senhora, quando o ouviu dizer isto, também desatou a soluçar. Mas nunca nenhum dos dois falou do estrangeiro; ela deve ter vindo mas é de casa do engenheiro.

Principiei a recear ter sido desastrado em trazer Gindhusen para Oevreboe, mas agora o mal estava feito. Chamei-o de parte e disse-lhe secamente: "Estes patrões são muito generosos e muito bons; enquanto tiveres juízo ficas aqui como na tua casa, mas ai de ti se te lembrares de falar demais. Vais embora no mesmo dia e ainda apanhas uma sova por cima, de maneira que é melhor enfiares a viola no saco e não te intrometeres onde não és chamado."

— Sim, tens razão, eu não tenho nada com isso; também nada afirmo. Digo unicamente que ela se parece muito com a prima do engenheiro. De resto acho que muito mais loira que a outra e não quero crer que uma senhora tão bonita quisesse ser prima de um indivíduo tão ordinário como o inspetor. Não é pelo dinheiro, bem sabes que não sou homem para me importar com interesses, mas o que me fez com as três coroas, foi uma indecência.

Grindhusen, atemorizado, tentava desviar a conversa, mas havia uma coisa que me atormentava: ele reconhecera a senhora e, apesar de tudo quanto pudesse dizer, eu bem sabia que o não convencia que não fosse ela a amante do engenheiro Lassen.

Tudo em Oevreboe estava pelo melhor. Os patrões se achavam em casa e a senhora sorria para tudo e para todos. Um dia disse-me:

— As casas estão lindas; pintaste com muito gosto; o capitão está contentíssimo.

Parecia muito calma e mais feliz do que a última vez que a vira na escada do hotel. Só os olhos tinham mudado no seu rosto, e também umas sardas pequeninas lhe apareciam junto às fontes. Contudo, não estava mais feia, só um pouco mais velha.

— Infelizmente não fui eu quem teve a idéia de pintar a casa de cinzento, a tua memória deve ter-te enganado.

— Que pena! Naturalmente foi confusão minha, mas como o capitão gostou e a senhora também, não tem importância que se tenha mudado a cor.

— A escada também está muito mais bonita, e os quartos do segundo andar parecem dez vezes mais claros...

Estamos em pleno outono. Tudo na casa, tanto os móveis como os criados, parecem felizes com a volta da senhora. Os jasmins e os lilases perfumam o ar e as criadas usam os seus aventais dos grandes dias. Até a bandeira no cimo do mastro parece flutuar mais alegremente. Há um aspecto de domingo em tudo.

Quando cai a tarde, vou às vezes sentar-me num banco no bosque de lilases. Ontem à noite Nils veio ter comigo e disse: "Já não há hóspedes, nem barulho, nem bebedeiras, parece-me que vou descoser isto daqui, — e mostrava o emblema da sociedade de temperança. — Desta maneira não tenho razão para ofender ninguém."

Tirei o canivete e ajudei-o a despregar o emblema. Enquanto estava ao pé de mim continuava falando, como sempre, dos campos e do trabalho.

— Amanhã já devemos ter recolhido todo o grão que está nos secadores e quero ver se principiamos as sementeiras do outono. Lars sempre semeou à máquina, mas este ano há de resignar-se a semear à mão.

— Por que?

— Com um terreno como o nosso não se pode utilizar a máquina. O grão fica enterrado demais e não produz. O vizinho semeou tudo à maquina e metade da sementeira está perdida.

— Oh! Os jasmins, que delicioso perfume exalam!

— Sim, a cevada e a aveia estão bem bons. Vou-me deitar.

Nils levantou-se, mas eu fiquei sentado no meu banco. Nils olhava para o céu e, quando eu pensava que me ia falar dos astros ou da imensidão do infinito, predisse uma manhã ótima para sair com os cavalos; falou em colher no bosque as sementes ganhadias.

— Ainda fica? — perguntou.

— Talvez fique ainda um bocadinho, está tão bonita a noite!

— Deixa-te disso, é melhor vires para casa.

Levantei-me imediatamente, compreendendo que tinha vindo unicamente para me levar consigo. Deus sabe se teria adivinhado! Talvez quisesse ajudar-me a defender de mim mesmo. Eu próprio não sabia a razão por que estava no bosque, lembrava-me somente que me tinha sentado ali, mastigando um pedacinho de erva tenra e olhando para a casa. Uma janela tinha luz... era uma das do segundo andar... Senti-me envergonhado que alguém tivesse suspeitado o que se passava dentro de meu coração. Principalmente Ragnilde podia muito bem ter adivinhado alguma coisa. Prometi a mim mesmo tornar-me frio e impassível para o resto dos dias da minha vida.

Ragnilde está como quer. O tapete fofo do corredor abafa o som dos seus passos e num instante desce a escada, vinda do sítio onde espiona os patrões.

— Não compreendo a senhora — dizia ela. — Em vez de estar alegre e bem disposta, anda sempre a chorar e lamentar-se; o capitão ainda hoje lhe disse? "Não sejas criança, Luíza, faze o possível por te dominares" — e ela respondeu: "É a última vez que isto acontece, vou ser mais valente" — mas continuou a chorar por ter chorado.

— Vai apanhar as batatas, Ragnilde — interrompeu Nils. — Aqui não há tempo para conversas.

O trabalho continua intenso e o tempo mudou; recomeçou a chuva. Nils temia que o grão germinasse nos secadores e deu ordem para o recolher todo. Em toda as dependências da casa há enormes montes de cereal a secar. Grindhusen e as criadas arrancam as últimas batatas e Lars Falkenberg aproveita todos os minutos de bom tempo para lavrar as terras.

O capitão, de vez em quando, sai para ajudar os criados. Sabe trabalhar como qualquer de nós. Uma destas tardes ajudava-nos a carregar o feno, quando a senhora apareceu na estrada e cortou o caminho até junto de nós.

— Que Deus abençoe o vosso trabalho! — disse ela.
— Obrigado — respondeu o capitão.
— Costumávamos dizer assim no Nordland.
— Como?
— Costumávamos dizer assim no Nordland.

O barulho que fazia os garfos, apanhando os molhos de feno, não nos deixava ouvir claramente o que ela dizia.

— A aveia já está madura?
— Já; graças a Deus.
— Mas não deve estar seca?
— Não ouço o que dizes.
— Não disse nada!

Seguiu-se um longo e mal-humorado silêncio. O capitão, de vez em quando, arriscava uma palavra amável ou um gracejo que não obtinha resposta.

— Assim andas a fazer a tua inspeção? — disse ele para tornar a conversa mais alegre. — Já foste ver as batatas?

— Não, ainda não fui, mas se a minha presença te incomoda, posso ir.

A impressão que estas palavras causaram foi tão penosa, que até eu carreguei os sobrolhos, mas de repente me lembrei que devia ser frio e impassível e fiz menção de sorrir.

Luíza Falkenberg reparou e perguntou-me:

— Por que estás tu a fazer caretas?

— Então tu estás a fazer caretas? — perguntou também o capitão, querendo gracejar.

Imediatamente a senhora aproveitou a ocasião:

— Desta vez ouviste!

— Ah! Luíza — disse tristemente o capitão.

Então os olhos dela transbordaram de lágrimas, correu para trás de um dos secadores e principiou a soluçar.

O capitão foi para junto dela e perguntou:

— Luiza, Luíza, dize-me o que tens.

— Nada, vai-te embora, deixa-me sozinha.

Depois ouvimo-la implorar: "Meu Deus, acode-me", e percebemos que arquejava.

— A minha mulher está doente; não sei o que tem — disse o capitão tristemente.

— Parece que anda uma epidemia por toda a parte — observei para dizer alguma coisa. — É uma espécie de febre de outono. Ouvi falar nisso outro dia, em casa do diretor do correio.

— Vês, Luíza, há uma epidemia de febre de outono, vai ver que não é nada de cuidado.

Quando acabamos de tirar a aveia de cima do secado, a senhora ficou sem ter onde se esconder e resolveu ir-se embora.

— Quer que te acompanhe até a casa? — perguntou o capitão.

— Não, posso perfeitamente ir sozinha — e pôs-se a caminho.

Ele continuou trabalhando até à noite, mas a expressão de alegria que tivera no olhar desaparecera. Parecia um homem mais velho vinte anos.

Tudo estava outra vez transtornado. A situação do capitão e da senhora era muito delicada e imensamente difícil.

As pessoas sensatas diriam "um pouco de boa vontade das duas partes e tudo correria bem" mas era impossível. Havia entre eles uma barreira inexpugnável, intransponível, infinita. Ela resolvera revoltar-se contra o seu próprio mal-estar, e à noite trancava a porta do quarto. O capitão, ofendido, protestava através daquela porta fechada. Fora Ragnilde quem ouvira a cena.

Uma noite, depois de muita discussão, a senhora tinha aberto a porta e houvera de novo entre ambos uma longa explicação. Tanto um como o outro estavam cheios de boa vontade, mas não sabiam dominar a maré de recriminações, que os postava um diante do outro como inimigos.

Ragnilde contava-nos estas coisas, e todos nós sentíamos com eles a desgraça. Nunca eu vi Nils tão abatido.

— Se isto não endireitar agora, está tudo irremediavelmente perdido; por vezes pensei que a senhora precisava de uma boa sova, mas agora estou convencido de que não há remédio. É mais forte que ela. Quem sabe se se torna a ir embora? — dizia ele.

— Ultimamente — dizia Ragnilde — a cena principiou assim. Ele perguntou-lhe se não seria a tal epidemia que a tinha atacado, e ela respondeu: "Parece-me demais que uma epidemia de febres de outono me tenha feito detestar-te." — "Mas então me detestas dessa maneira?" Ela se calou e depois respondeu: "Detesto, tu comes demais, és bestial quando comes; ao olhar para ti à mesa, dá-me náuseas, é por isso que estou sempre agoniada." — "Mas comer não é um defeito, agora já não bebo; não achas que é um progresso?" — "Não." — "Mas quando eu bebia ainda era pior." — "Quando bebias, eu podia suportar-te e agora não posso." O capitão calou-se, mas daí a alguns momentos continuou: "Bem podias ter para comigo um pouco mais de indulgência depois da que tive para contigo... depois do que fizeste este verão..." — "Sim, tens razão" — e a senhora começou a soluçar. — "Não falemos mais nisto — continuou ele — fui eu mesmo quem te pediu para voltar." Ela não se consolava: "Pediste-me para voltar, para teres-me neste inferno, antes não tivesse voltado!" — "Para te ter neste inferno, dizes tu? E que inferno isto é para mim; a cada passo me lembro que fizeste e remôo e canso o cérebro e o coração." — "Tu cansas-me a mim e dás cabo dos meus nervos. Há poucos dias, quando me esqueci e te chamei "Hugo", em vez de me ajudares com um poucochinho de bondade, puseste-te a rir ironicamente e disseste: "Não sou eu o Hugo." "Pensas que eu mesma não estava arrependida da minha involuntária falta? — "Receio que não estejas nunca suficientemente arrependida. Aquelas fotografias que tens em cima do teu piano bem mostram que ainda gostas dele, e a idéia de me fechares a porta do teu quarto... essa bem podes continuar a fechá-la todo o resto da tua vida." — "Falas demais nas fotografias, nunca te cansas de me maçar com elas". — "Ouve, as fotografias não têm importância nenhuma, e se as tirasses me davas com isso prazer. Se tivesse um bocadinho de vergonha já há muito tempo lá não estavam. E os lenços dele, que ainda encontro nas tuas gavetas, e os teus suspiros quando olhas para o bosque dos lilases, e tudo quanto é a minha vergonha e a nossa desgraça?..." — "Tudo isso é ciúme da tua parte, Hugo e eu vivemos como casados, a minha mãe também acha que nós fomos casados". — "A tua mãe acha?" — "Nem toda a gente precisa do padre e do oficial do registro civil para se sentir feliz, só os burgueses como tu é que não dispensam essas ninharias. De resto, a minha culpa foi por tua causa, tu partiste com a Isabel e deixaste-me sozinha com ele." — O capitão pareceu refletir: "A culpa foi de fato minha, mas também foi tua". — "Não, foi toda tua, pedi-te que ficasses e não me quiseste ouvir. Foi uma desgraça, uma desgraça, uma desgraça..." — "Ouve Luíza, tudo pode ainda remediar-se. Pensa no futuro, tenta dominar-te." — "Eu é que tenho de me dominar? E tu que me atiraste para a minha falta, podes continuar a viver como queres e dizer tudo quanto queres?" Depois se acalmaram, a senhora chorava de mansinho como que esgotada; passaram-se alguns minutos em que só se ouvia o soluçar dela. "O nosso mal é não termos filhos — disse por fim. — Se eu tivesse uma filha para educar, para tratar, talvez as coisas levassem outro caminho, era um amparo, um esteio." — "Talvez tenhas razão, um filho faz-nos falta. A avalanche que rolou sobre nossas vidas foi o resultado da nossa ignorância e do nosso egoísmo, um filho remediava tudo, mas quem nos impede de termos esse filho?" — Então a senhora se levantou e deu alguns passos no quarto; tinha os olhos úmidos e brilhantes, mas não disse uma palavra. "Estás nervosas e cansada, deita-te Luíza. Amanhã pode ser que a nossa vida já não pareça tão negra." — "Boa-noite." — disse ela.

CAPÍTULO XI

O capitão chamou Nils e disse-lhe que queria vender toda a madeira cortada no bosque. Nils compreendeu pelas suas palavras que o capitão tinha pressa daquele dinheiro. Naturalmente seria para pagar a Lassen.

Nessa época acabamos de arrancar as batatas da segunda colheita e já havia menos que fazer na propriedade. Lars e eu continuávamos a lavrar as terras, quando o tempo permitia. As coisas entre o capitão e a senhora não estavam muito serenas.

Nils, aquele espantoso criado, começava a enfastiar-se deveras em Oevreboe, mas tinha um amor-próprio muito extraordinário que o impedia de deixar a casa. Dizia que a sua obrigação era não sair enquanto o seu trabalho não estivesse completamente terminado, mas lastimava o estado em que as relações dos amos se encontravam.

— Com uma colheita desta ordem! — dizia ele às vezes, como se a colheita pudesse sozinha remediar o mal. O capitão olhava para as terras com admiração e reconhecimento pelo nosso trabalho. Fazia esse ano uma grande colheita de trigo e outros cereais que certamente lhe renderiam bom dinheiro.

Nils deixou a casa por dois dias e foi à sua propriedade em reconhecimento; quando voltou, estava mais bem disposto e atirou-se de novo ao trabalho com ardor e entusiasmo.

Um dia, estávamos na cozinha almoçando, quando vimos sair de casa a senhora. Tinha o rosto escarlate e parecia excitada. Seguia-a o capitão, chamando: "Luíza, Luíza onde vais tu?" — Mas ela respondeu secamente: "Deixa-me sossegada!"

Olhamos todos uns para os outros e Ragnilde levantou-se para acompanhá-la:

— Vai Ragnilde — disse calmamente Nils — mas primeiro entra na sala e repara se aquelas malditas fotografias ainda lá estão.

— Ainda estão — disse Ragnilde.

No pátio ouvimos o capitão dizer-lhe:

— Vai com a senhora, Ragnilde.

Ninguém a abandonava, todos tinham o maior interesse em que se não sentisse sozinha.

Depois voltamos para o campo sem sabermos mais nada.

Nils disse ainda: "A pobre está completamente enfeitiçada."

"Que sabes tu disso?" perguntei de mim para mim. Conheço tão bem os homens, tenho aprendido tantas coisas no decurso da minha vida e dos meus passeios de vagabundo, que quis experimentar um pouco o rapaz; talvez dissesse aquelas coisas para se fazer importante.

— Acho estranho que o capitão ainda não tenha pegado fogo a todas as fotografias há muito tempo.

— É natural — respondeu — também eu o não teria feito.

— Ah!
— Nesse caso não é ele quem deve queimá-las, é ela.

Demos alguns passos e Nils disse ainda outras palavras que atestam o seu instinto profundo e seguro.

— Pobre senhora! Não consegue levantar-se da queda que deu; há muita gente que tem um desastre e se levanta, com nódoas negras no corpo, que depois desaparecem; mas também há os que nunca mais se põem em pé.

— Ela tem o aspecto de quem não liga suficiente importância ao mau passo que deu — continuei para experimentá-lo ainda mais.

— Disso não sabemos nós nada. Sabemos unicamente que ela continua enfeitiçada desde o verão, e que a paixão lhe tirou a calma e a harmonia. Não sei muito bem dizer o que penso, mas deve ser a harmonia íntima o que lhe falta. Acabo de ir levar ao cemitério uma igual a ela.

Deixei de julgar-me superior a ele no conhecimento do coração humano e senti-me cheio de vergonha e confusão; disse unicamente:

— Foi isso o que foste fazer há três dias?
— Foi, ela preferiu morrer.

Bruscamente interrompeu-se e disse: "Mas lavrem, diabos! Que estão vocês a fazer?"

Pensei: "Talvez uma irmã que tenha tido miséria na vida, e para a levar ao cemitério ausentou-se aqui. Ah! Deus do céu, algumas há que nunca deixam de estar enfeitiçadas, algumas há que nunca mais se levantam do chão." Depois continuei a pensar e repentinamente outra idéia me atravessou o espírito. "Talvez não tenha sido a irmã dele, mas a sua namorada".

Por associação de idéias lembrei-me de Ema; pensei que ainda tinha alguma roupa em casa dela e resolvi mandar o garoto ajudante da lavoura, buscá-la à clareira.

Era noite.

Ragnilde entrou no meu quarto como um furacão e pediu-me que não dormisse. Estava fortemente excitada com o que vira e ouvira em casa dos patrões. Tremia, balbuciava e não ousou sentar-se senão nos meus joelhos... Era sempre assim; quando alguma coisa de anormal se passava, tornava-se terna e medrosa em extremo.

— Ouve — disse eu — se as coisas estão fora de ordem, talvez fosse melhor ires para a cozinha à espera que te chamem.

— Não, a cozinheira encarregou-se de atender e depois dizer-me se devo ou não ir. Em toda esta história não posso deixar de dar razão ao capitão. Desde o primeiro dia que estou com ele.

— É por ser homem!
— Isso não.
— Devias antes ser do partido da senhora.
— Dizes isso porque ela é mulher — respondeu prontamente Ragnilde. — Tu não conheces o mundo como eu; ainda não te iniciaste nestas trapalhadas. A senhora é extravagante demais. Ultimamente inventou que ninguém se importa com ela e que a deixamos morrer abandonada. Depois de tudo quanto aconteceu, ainda tem o descaramento de achar que não é suficientemente bem tratada.

— Não temos nada com isso.
— Não penses que andei outra vez a espreitar; eu estava no quarto com eles quando os ouvi falar.

— Deixaram-te ouvir? Então esperemos um pouco até ficares mais calma e depois vamos à procura de Nils para contares o que aconteceu.

Daí a alguns minutos descemos e fomo-nos encontrar com Nils.

— Ragnilde acha que um de nós deve ficar acordado para o caso de ser preciso — disse eu.

— Acho sim, em casa estão os dois a discutir de novo. Parece que anda por lá o demônio solto. Eles gostam um do outro e não há maneira de se entenderem, talvez exatamente por isso. Se houvesse um bocadinho de indiferença, as coisas seriam certamente mais calmas. Ontem, quando ela saiu de casa, o capitão mandou-me ir atrás dela. Encontrei-a chorando no bosque dos lilases e logo que me viu sorriu por entre as lágrimas. "Todos me abandonam, ninguém quer saber de mim." — "Mas foi o capitão quem me mandou vir aqui" — disse eu. — "Ah! Foi ele quem te mandou?" Refletiu um momento e disse muito embaraçada: "Vai ao meu quarto e leva aqueles malditos livros todos". São os livros do engenheiro que ela ainda tem: "Queima-os, faze deles o que quiserdes, ou deixa que eu mesma os queimarei". Só depois de muito tempo fi-la resolver-se a voltar para casa.

— O pior de tudo é que está grávida.

— Grávida! — gritamos a um tempo Nils e eu.

A tragédia se complicava ainda mais.

Nils deixara cair a cabeça, como se também a ele a novidade afetasse diretamente.

— Se assim é, está tudo irremediavelmente perdido — disse lugubremente.

— Que Deus me perdoe de rir — continuou Ragnilde — mas quando a senhora disse ao capitão o que se passava, ele ficou tão espantado, tão admirado que abriu a boca. "Ainda o não tinhas percebido?" — perguntou ela. O capitão voltou-se então para mim, que há muito tempo estava no quarto, desde o início da cena, e perguntou-me: "Que diabo está tu a fazer aí?" Fora a senhora que me dissera que não devia sair e eu, para disfarçar, tinha entornado no chão uma caixa de botões, que me entretinha em apanhar. Naturalmente a pobre receava alguma violência da parte dele. Respondi que apanhava os botões, mas que agora me ia embora porque já tinha acabado. "Já acabaste?" — perguntou a senhora e pegou na caixa deixando-a cair, mais uma vez entornando os botões todos: "Pensei que soubesses o estado em que estou!" — "Esses botões têm de ser apanhados? Não podem ficar no chão até amanhã?" — perguntou o capitão. — "Sim, mas tenho medo de magoar os pés quando me levantar". Pegou na mão dele e começou a acariciá-la. "Querido, querido..." O capitão retirou a mão e ela começou a choramingar: "Já não gostas de mim, mas então por

que me mandaste chamar?" — "Minha querida Luíza, não estamos sós aqui." — "Mas tu mandaste-me chamar porque me querias, por que é então que agora já não me queres?" — "Pensei que tudo se arranjaria entre nós." — "Mas não achas que está arranjado?" — "Nem por sombras!" — "Mas em que pensaste quando me escreveste que voltasse?" — "Ragnilde já acabou de apanhar os botões" — disse ele — e voltando-se para mim, concluiu: "Boa-noite".
— E saíste? — perguntamos nós.
— Saí, mas não quis deixar a senhora a sós com ele, de maneira que não me afastei. Se ele tivesse saído do quarto, ter-me-ia visto onde estava, mas se tal acontecesse, teria a coragem de lhe responder, que, apesar de concordar com ele, estava ali para defender a ela, por causa do seu estado. "Já sei o que vais dizer — era a voz da senhora — vais dizer que não és talvez tu o pai, e nem eu mesma sei se és ou não; mas Deus me proteja, não sei que palavras terei de dizer para que me perdoes. Perdoa-me, perdoa-me querido! — e ajoelhou-se no chão. — Queimei os livros, viste que os queimei? Também deitei fora os lenços dele que ainda tinha". — Nesta altura, o capitão tirou-lhe da mão outro lenço e disse: "Este também é dele". Ela começou a titubear. Nunca vi ninguém que tenha menos jeito para defender-se. — "Naturalmente foi um dos que trouxe este verão da cidade, esqueci-me dele... não sei... talvez seja a última coisa que conservo... achas que é horrível?..." — "Não tem importância, hoje já nada tem importância." — "Depois pode também ser que o filho seja teu, quem sabe se é teu, deixa-me pensar de quem é." — "Senta-te e acalma-te". Mas ela pareceu tê-lo entendido dizer outra coisa: "Não me queres ouvir? Mas então dize-me por que me mandas voltar?" O capitão respondeu uma coisa que não pude perceber bem, mas falou de alguém que, habituado a viver na prisão, sentisse a nostalgia de reclusão. — "Mas eu estive em casa dos meus pais e eles tiveram mais indulgência que tu, para com a minha falta. Disseram-me que tinha estado casada com

ele e que não havia razão nenhuma contra mim. Não foram duros como tu". — "Apaga a vela que Ragnilde ali pôs em cima daquela mesa — disse o capitão talvez para desviar a conversa. — Ao pé do candieiro a sua luz parece envergonhada". — "Tem vergonha de mim, é o que queres dizer?" Nunca vi ninguém discutir tão mal; em vez de fugir quando tudo está contra ela, insiste em fazer voltar a conversa que a acusa. "Queres dizer que tudo tem vergonha de mim? — repetiu. — Mas também tu tens culpas e são grandes." — "Tenho — disse ele — não quero fugir às acusações que me fazes, mas foste tu quem deixou a casa, quem abandonou o lar." — "Tu o havias abandonado primeiro." "Por mais que me acuses, não podes dizer-me que te trago para casa um bastardo." — "Mas foste tu o culpado de nunca termos tido filhos, foste tu quem nunca quis... talvez nada disto acontecesse se tivéssemos uma filha". — "Essa idéia dos filhos foi uma novidade que agora descobriste — disse ele violentamente — tu sempre disseste que não querias aborrecimentos nem trabalhos. Depois que falamos nisso a última vez, agarraste-te a essa idéia como a uma tábua de salvação. Mas não tem importância, pode muito bem ser que se tivéssemos tido filhos a vida nos tivesse sido mais fácil, mas agora já não adianta nada recriminar o passado. Tenho a certeza de que o filho que vai ter não é meu; és tão pouco mulher, que nem ao menos sabes de quem é." Nesta altura estive quase para entrar, mas a voz dele serenou. A senhora se ajoelhara novamente no chão e chorava: "Não sei de quem é o filho, não sei, não sei!" — Gosto de ti por muitas razões — disse o capitão — uma delas é pela tua grande franqueza; conseguiram ensinar-te tudo, seres má, a seres egoísta, mas nunca te conseguiram ensinar a mentir. Levanta-te e ouve o que vou dizer: Que vamos nós fazer agora? O único meio é esperarmos que Deus me dê coragem." — "Que Deus te abençoe, esperemos... esperemos." — Experimentarei levar a cruz até ao fim, talvez me cheguem as forças. Sofro muito, muito, muito. A idéia da tua traição, rói-me o coração, mas também eu tive culpa porque te abandonei." — "Que Deus te abençoe." — "A ti também; boa noite, procura descansar". Ela então se atirou para cima da cadeira e chorou muito tempo a seguir: "Por que choras ainda?" — Choro porque te vais, até há um instante eu tinha medo de ti, mas agora adoro-te porque és bom e grande como Deus". — "Está bem, mas não chores mais, estou também muito cansado e não posso aqui ficar; chama Ragnilde." — Logo que ele saiu, entrei.

— E agora já estão deitados?

Ragnilde nada sabia. "Talvez já durmam; a cozinheira está à espera para o caso de tocarem. Na situação da senhora, não sei se é possível dormir; ela sofre muito, mas eu ainda mesmo assim sou pelo lado do capitão."

— Não é fácil num caso destes saber a quem se deve dar razão — opinou Nils.

— Mas ela fugiu para ele, viveu com ele tendo o marido. Tem lenços na gaveta com as suas iniciais e faltam muitos dela que ele naturalmente tem.

Ragnilde não queria compreender que o mundo não é feito para ser julgado pelos homens.

CAPÍTULO XII

Lá ao longe, nos bosques do capitão, ouve-se incessantemente o barulho dos machados e o estalar das madeiras. O outono é tão suave que a terra ainda pode ser lavrada. Continuamos a trabalhar arduamente, no propósito de adiantar os trabalhos da próxima primavera. Nils continua o trabalhador ardoroso que sempre foi, poupando avaramente as horas e os minutos.

Chegara a minha ocasião de ir vaguear pelos bosques. Os pomos silvestres já perfumam os caminhos, as amoras e os mirtilos estão carregados de frutos. Toda a floresta recende aqueles aromas agrestes e puros. Mas não tenho coragem de abandonar o meu posto; um par de olhos cinzentos domina-me e prende-me. Por eles, em vez de entrar nos bosques adorando as árvores, vou neles entrar de machado ao ombros pronto a abatê-las. A vida é assim e os projetos não pertencem aos humanos.

Grindhusen foi escolhido para meu companheiro de trabalho. O pobre homem, desde que se sente feliz e bem tratado, tornou-se completamente imprestável. Desistiu de trabalhar e vive animado por um orgulho desmedido, que lhe vem não sei de que valor; talvez se não dê bem com a felicidade, ou talvez a idade o tenha abraçado com as suas garras de ferro, como nos abraça a todos destruindo a vitalidade e a força...

O capitão me disse um dia:

— Falaste há tempo em instalar um conduto para a água... Achas que ainda poderíamos fazer alguma coisa este ano?

— Acho que já é tarde.

Mas, alguns dias depois, tornou a falar-me nisso de um modo terminante.

— O tempo está bom e talvez se conserve assim mais alguns dias. Vamos começar o trabalho. Quem queres tu para te ajudar?

— Grindhusen talvez não fosse mau, mas...

— Queres que venha Lars?

— É que pode principiar a cair neve de um dia para o outro.

— A terra aqui não gela facilmente; há anos mesmo em que não gela de todo. Podemos começar agora a furar e a construir. Já fizeste essa espécie de trabalho?

— Já.

— Nils está prevenido; fiz isso para poupar-te alguma discussão. Podes já recolher os cavalos com que andas a lavrar.

Estava com tanta pressa que me contagiou: senti imperiosamente a necessidade de começar e foi quase a correr que recolhi os cavalos. O capitão, depois de ver a maravilhosa colheita que tivéramos, resolvera instalar o conduto de água, e então cortaria no bosque mil dúzia de árvores de

7 polegadas, o que lhe facilitaria muito a vida, além de lhe permitir pagar a dívida ao engenheiro Lassen.

Recolhi os cavalos e subi a encosta em busca do lugar que já havia escolhido para construir o depósito; tomei das diferenças de nível com a altura das casas, medi e fiz o traçado. Havia um regato que descia da montanha numa queda tão rápida, e tão abrupta, que nem mesmo no rigor do inverno gelava; era ali que tínhamos de fazer uma elevação de terreno e construir uma espécie de comporta, com uma abertura por onde a água pudesse escoar na época do degelo, quando fosse abundante demais. Não era difícil o que tínhamos de fazer. A pedra de que nos serviríamos encontrávamo-la mesmo ali perto. Os terrenos são graníticos e formados em camadas sobrepostas muito superficiais.

No dia seguinte, ao meio-dia, já trabalhávamos afincadamente. Lars cavava os regos onde teria de passar a água e Grindhusen e eu fazíamos saltar, com dinamite, as pedras que impediam o trabalho. Tínhamos os dois prática daquele serviço, desde o tempo que juntos trabalhamos em Skreja.

Assim continuamos sem descansar durante quatro dias; depois veio o domingo. Ainda me lembro desse domingo. A atmosfera estava calma e transparente. As árvores oscilavam brandamente e o fumo se erguia das chaminés em linha reta, direito ao céu. Lars tinha pedido a carroça de Oevreboe emprestada, para ir levar um porco que tinha criado, ao caminho de ferro; vendera-o para o matadouro da cidade. Aproveitei a sua ausência para mandar o garoto da propriedade buscar a minha roupa à clareira. Assim Lars não saberia e não haveria mais razão para brigas. Quando voltasse, deveria ir ao correio buscar a correspondência do capitão.

Disse a mim mesmo: "Vai mandar o garoto buscar a tua roupa à clareira e enganas-te a ti mesmo dizendo que é com boa intenção. Hipócrita! É a tua velhice que te obriga a não ires tu mesmo; não o confessas a ti próprio por vergonha, mas a razão não é outra senão essa."

Deixei pesar esta calúnia sobre mim pelo espaço de uma hora, mas depois não pude suportar a impressão dolorosa de me sentir velho. Apesar do garoto já ter ido, subi a correr a encosta e dei duas palavras a Ema.

Quando Lars voltou, no dia seguinte, olhou-me com maus olhos; sabia não sei por quem, que eu tinha subido até sua casa:

— É a última vez que pões os pés lá em cima, ouviste?

— Também já lá não tenho mais roupa nenhuma.

— A tua roupa, não é? Mas por que foi que nunca me deram essa roupa para trazer para baixo? Tiveram medo que não pudesse com ela?

— Não quis tornar a falar-te nisso, depois que te zangaste da outra vez.

Por que espécie de bruxaria teria ele sabido da minha ida à clareira? Ragnilde deve ter sido a culpada, não se pode pedir-lhe que se cale, parece que guardar alguma coisa para si lhe faz mal à saúde. Só ela poderia ter contado a história.

Infelizmente despontou no caminho Nils, que vinha saindo placidamente da cozinha. Logo que o viu, toda a raiva de Lars foi para ele.

— Que dizes tu? — perguntou o outro inocentemente.

— Não ouviste o que eu disse? Então vai lavar os ouvidos com qualquer droga que te cure da surdez.

— Não sei nada do que se passa — disse Nils, parando espantado.

— Não sabes mesmo nada. A única coisa que sabes é que se deve lavrar a terra antes das colheitas; e só há no mundo tu, suficientemente estúpido para o dizer.

Desta vez Nils perdeu a calma. Empalideceu e gritou:

— Cala-te Lars! És um imbecil e se um dia me fizer perder a paciência, ai de ti.

— Ouve o que diz este asno! — disse Lars, virando-se para mim e considerando-me já como seu aliado. — Olha que sou mais antigo nesta casa que tu. Antigamente era eu quem cantava para os patrões quando havia festa, antigamente era eu "gente" aqui. Antes de ti, muito antes, quando ainda não era moda lavrar-se em tempo de ceifas e ninguém obrigava ninguém a trabalhar até ficar magro como um bacalhau.

Não pude deixar de rir-me. A atitude de Lars era cômica e ridícula ao máximo. Nils também acabou por rir e Lars, vendo que tivera graça, perdeu o impulso de mau gênio que o assaltara e foi já noutro tom que disse:

— Se não tivesses uma cara tão simpática, partia-te os ossos um a um.

Nisto vimos vir o capitão e calamo-nos os três.

— Então a obra dos encanamentos vai?

Antes que lhe tivéssemos respondido, falou com Nils:

— Preciso que alguém me conduza à estação, parto para a Cristiânia hoje mesmo.

Voltamos ao nosso trabalho, mas sobre nós a notícia da partida do capitão tivera um efeito desconsolador inexplicável.

— Que maçada o capitão ir-se embora agora — disse Grindhusen.

Não respondi, mas senti como ele: "Tolice — pensei — naturalmente precisa resolver algum negócio na Capital, ou talvez vá tratar da venda das madeiras." Mas, intimamente, sem que disso me desse conta, imaginava que para partir assim repentinamente o capitão deveria ter alguma razão importante. Talvez tivesse havido naquela manhã alguma discussão grave como a da véspera.

Era triste e ficava-se gelado ao observar a atitude que tinham tomado um para com o outro, os nossos patrões. Raras vezes se falavam e, quando o faziam, as suas palavras agudas como lanças eram ditas para a galeria.

Luíza Falkenberg estava linda; a maternidade amenizara-lhe os traços e, quando agora chegava à porta da casa e olhava ao longe, na direção dos campos e dos bosques, já tomava ares de jovem mãe. Há qualquer coisa nas mulheres que as torna mais frágeis, mais mulheres, quando esperam um filho. No entanto a sua vida estava cada vez mais fria e mais triste; em torno dela nem amor, nem carinho, nem alegria, nem música, nem festa, apenas saudade e vergonha.

O capitão lhe prometera que levaria até ao fim a sua cruz, mas faltavam-lhe a coragem e a força. Suportar a desgraça não é dado a todos os corações. Um fardo de dor pesa mais que todos os fardos do mundo. Quando por vezes ela se esquecia de concordar com ele, ou não lia no seu rosto aquela expressão de reconhecimento que desejava, tornava-se irascível e saía de casa batendo a porta com força. Ela, às vezes, imprudentemente soltava uma palavra que fazia lembrar a sua terrível falta. "Não posso andar muito agora, custa-me não te acompanhar, mas não me devo cansar" — "Chut, Luíza" — era a resposta, e o olhar que ele enviava ofendia mais que uma injúria. Ela não resistia: "Vais tornar a falar-me naquilo?" — "Não, foste tu quem principiou; se tivesses um pouco mais de pudor, não aludirias ao teu estado; o teu proceder tornou-te descarada como uma mulher da rua." — "Ah! antes tivesse ficado em casa dos meus pais, não sofreria o que estou sofrendo; tu me mandaste buscar e agora acusas-me." — "Estavas melhor em casa dos teus pais ou com aquele patife?" — "Agora lhe chamas patife, mas, noutro tempo, não hesitaste em deixar-me sozinha com ele." E assim continuavam as discussões eternamente.

Como a vida mudara! Luíza Falkenberg mudara também; falava com uma inconsciência de criança e as suas palavras deviam atraiçoá-la constantemente. Eu, que a conheci noutros tempos, sei perfeitamente que nunca era exato o sentido das suas palavras com o das suas idéias. Às vezes vinha à cozinha, e ela sempre tão delicada e tão fina, tinha modos de falar com Nils e com os outros que me desesperavam. Parecia estar completamente depravada. Naturalmente era o ciúme que me cegava pois talvez o que ela procurasse não fosse mais que a juventude e a força de Nils, a sua maneira de falar calma e plácida, para nelas se retemperar. Um dia subiu até o sítio onde Grindhusen e eu trabalhávamos; sentou-se numa pedra ao pé de nós e ali ficou durante meia hora. Nunca trabalhei com tanta vontade na minha vida; debaixo do seu olhar tudo me parecia fácil e leve. O trabalho fazia-se velozmente, como que por encanto. O granito tornava-se plástico nas nossas mãos, como se fosse barro e fazíamos o muro como dois ciclopes. Olhava para mim fixamente e com enorme intensidade; tinha agora o costume de assim olhar para toda a gente. Infelizmente os seus olhos eram doces demais, expressivos demais para aquele gênero provocante. Quando partiu, tive o desgosto de ouvir Grindhusen exclamar:

— Que demônios de olhos tem a nossa patroa. Não me admira nada que o capitão passe um mau bocado com ela.

Dias depois tornei a encontrá-la no jardim.

— Lembras-te dos velhos tempos em que trabalhaste para nós? Há quantos anos foi, talvez oito?

Nunca fizeram alusão à minha antiga estada em Oevreboe. Consegui responder-lhe, lembro-me, mas a minha garganta recusou-se a emitir outro qualquer som.

— Um dia levaste-me ao presbitério — disse ela — percebendo a minha confusão.

— Nessa tarde a senhora teve muito frio, mas foi um passeio magnífico.

— Não; tu é que sentiste frio. Tinhas-me dado a tua coberta e levavas os joelhos ao vento na almofada do carro. Coitado...

Comecei idiotamente a pensar que talvez ela ainda gostasse de falar comigo, e que os anos não tinham passado só sobre mim, mas sobre ela também, tornando-a mais próxima e menos difícil.

— A sua memória deve enganá-la — continuei — a coberta era sua; fomos também almoçar juntos uma estalagem e comemos pão e bebemos leite.

Distraidamente passei um braço em volta do poste da cancela. A minha atitude e o gesto devem ter-lhe parecido familiares demais, porque imediatamente mudou de tom. Reaparecera a patroa. Quando percebi a *gaffe* que cometera, perfilei-me endireitei-me e tornei a ser criado, ms já era tarde demais. Luíza Falkenberg tornara-se suscetível e desconfiada desde que a sua vida se fizera duvidosa.

— Espero que não te sintas agora pior que então — e, cumprimentando-me de leve, afastou-se.

Passaram-se alguns dias. O capitão ainda não voltara, mas enviou um cartão postal muito amável para a senhora: esperava voltar daí a poucos dias, e mandava por um portador os canos, as torneiras e o cimento para a construção do conduto de água.

— Olha — disse a senhora, mostrando-me o cartão — tens de mandar buscar à estação os instrumentos de que precisas para continuar a trabalhar.

Estávamos ambos em pé no meio do pátio, lendo. A minha cabeça quase tocava a sua, para podermos ler ao mesmo tempo. Sentia-me feliz até o mais profundo do meu ser. Ela olhou para mim, fitando-me longamente. Teria adivinhado a simpatia que me inspirava? Sentiria ao pé de mim um bem-estar que lhe viesse da minha simpatia, da ternura que inconscientemente me inspirava? O seu olhar por momento pesava sobre mim como uma coisa palpável, dolente e carinhosa. De repente a senti tremer e corou fortemente; a respiração tornara-se desigual e ofegante. Voltou-se e caminhou na direção da casa.

Eu ficara com o cartão na mãos, sem saber se fora ela quem me dera, se fora eu quem lho tirara.

— Aqui tem o cartão — disse-lhe ao alcançá-la.

Estendeu a mão simplesmente e levou-o consigo.

O que acabo de contar impressionou-me profundamente. Luíza Falkenberg devia ser uma daquelas amorosas patológicas, que, sem saber analisar as próprias sensações, se entregam a elas. Há seis anos passara-se entre nós coisa semelhante. Lêramos junto um telegrama do capitão, nesse tempo em viagem. A sua respiração tinha também então encurtado, e os olhos brilhavam como neste momento.

Quando duas horas depois a tornei a ver, já não tinha vestígios sequer, daquela exaltação. Falou-me calmamente como a um estranho. Era melhor assim, que podia eu pretender?

Mais tarde vieram visitas. Uma vizinha e a filha. A senhora recebeu-as muito amavelmente e prometeu-lhes que as visitaria logo que pudesse. Parecia bem disposta e alegre.

Todos nós nos sentíamos também mais descansados. As discussões tinham cessado, com a partida do capitão, e respirava-se melhor. Os trabalhos adiantavam a olhos vistos. Lars, apesar de muito impertinente, era um bom ajudante e Grindhusen resolvera fazer um esforço para trabalhar. Queríamos que os encanamentos já estivessem quase terminados quando chegasse o capitão. Era uma agradável surpresa que lhe faríamos. Soube, por Ragnilde, que na verdade houvera uma grande discussão entre o casal na véspera da partida do marido. Tornara a falar-se da dívida do engenheiro e o capitão partira, jurando que não voltaria antes de o pagar.

Quando Grindhusen e eu concluímos a comporta, descemos a ajudar Lars na colocação dos canos. Era preciso trabalhar depressa; as geadas começavam a endurecer a terra e de manhã tínhamos de quebrar uma camada de gelo antes de podermos principiar o trabalho.

Trabalhavam as minhas mãos, mas o meu cérebro não tinha que fazer e então sonhava, sonhava com aqueles momentos em que sentira a sua respiração sobre mim como uma coisa viva e quente. Tinha de fechar os olhos com força para me defender do seu olhar. A sua voz cálida embalava-me como um cântico aveludado e misterioso. De onde lhe viera aquela voz? Bizarramente eu murmurava nomes de terras suaves e quentes em que a pudesse ter encontrado: Uganda, Tenerife, Venezuela, Atacama, Honolulu. Era música? Era poesia?

CAPÍTULO XIII

A senhora mandou atrelar o carro. Quer alguém que a leve à estação.

Não tem a mínima pressa. Mandou a cozinheira preparar-lhe um cesto de provisões, e quando Nils lhe perguntou se preferia a caleça ou o *landau*, refletiu um instante e escolheu o último.

Depois partiu. Foi Nils quem a levou. À noitinha voltaram; arrependera-se a meio caminho e dera ordem de voltar a toda a pressa. Ter-se-ia esquecido de qualquer coisa. Agora ordenava que mudassem a parelha para tornar a partir imediatamente. Nils objetou que já era tarde, mas a senhora repetiu terminantemente a sua ordem. Tinha de partir, queria partir. Enquanto tratavam da carruagem, sentara-se no sofá da sala. Olhava tristemente em volta e dir-se-ia que envelhecera vinte anos. Curvava-se, olhando para o chão fixamente. Ragnilde perguntou-lhe se se sentia mal, mas não obteve resposta.

O *landau* estava de novo aparelhado e desta vez era Grindhusen quem tinha ordem de conduzir os cavalos.

Interroguei Nils.

— Não sei por que voltou, talvez se tenha esquecido de qualquer coisa. Bateu nos vidros e mandou-me voltar, mas não me deu a mínima explicação.

Perguntei a Ragnilde o que se passara durante o tempo em que estivera em casa.

— A senhora nada me pediu, nem subiu as escadas. A principio, pensei que tivesse voltado para queimar aquelas malditas fotografias. Olhava para elas com maus olhos, mas quando saiu ainda ficaram no mesmo lugar.

— Coitada — disse Nils — está ainda enfeitiçada. Nunca mais será gente no mundo; perdeu a harmonia íntima, está morta, já não pode ressuscitar. Quando voltávamos, disse: "Tenho ainda tanto que fazer, Nils. Eu devia ter duas vidas e quatro braços".

— A senhora não devia trabalhar dessa maneira, nem pensar tanto a sério — disse-lhe eu, mas tu sabes que ultimamente ela não suporta que alguém lhe dê o menor conselho; olhou impacientemente o relógio e disse-me que tocasse os cavalos. E isto se passou quando voltávamos.

— Talvez o capitão lhe tenha escrito pedindo-lhe que fosse ao seu encontro — disse eu.

Nils abanou a cabeça:

— Não sei, só Deus sabe o que se passa. Amanhã é domingo?

— É.

— Estava a pensar em empregarmos o domingo a construir uma passagem por onde pudesse atravessar a madeira; é mais fácil fazê-lo agora, que quando a neve vier.

Tinha sempre em mente o trabalho, aquele homem estranho que me ensinara a encarar uma nova coisa na vida.

Chegou o domingo. Subi a encosta para ir inspecionar a comporta e os canos que instalamos. Estava impaciente e mal podia esperar o fim do feriado, para começar de novo o meu trabalho. O capitão dera-me carta branca e deixara-me tomar inteira responsabilidade no que fizesse, de maneira que até completo êxito eu andava enervado e febril.

Lá de cima olhei para o pátio e vi entrar o *landau*. Desci a correr, a minha nervosidade deixara-me por completo. Quando cheguei, ainda Grindhusen não descera da almofada. A senhora queria tornar a partir imediatamente. Ninguém a compreendia.

As criadas falavam todas ao mesmo tempo, mas nenhuma delas tinha coragem de lhe dirigir a palavra. Nils estava no bosque.

— Vai tu falar com ela — disse Ragnilde — o pobre Grindhusen tem de ir novamente mudar os cavalos, deve estar estafado.

— Não exagerem — disse-lhes eu. — Não há perigo nenhum por a senhora querer dar mais um passeio de carruagem.

Dirigi-me à portinhola e abri-a. Batia-me fortemente o coração. Luíza Falkenberg estava completamente desfigurada; devia ter sofrido horrivelmente dentro do carro.

— Dá-me licença que conduza desta vez os cavalos?

Olhou-me muito espantada e perguntou:

— Por que?

— Grindhusen deve estar cansado — respondi.

— Prometeu-me que tornava a guiar, e eu quero que seja ele quem me leve. Fecha a porta e vai chamá-lo.

Fui à procura dele. Encontrei-o na cocheira, enfreando os cavalos.

— Que se passou? — perguntei.

— Sei lá. Ela quis voltar e agora quer tornar a partir; dormiu esta noite no hotel e de manhã, em vez de continuar, voltou. É tudo quanto sei.

Não consegui arrancar-lhe mais uma palavra. Certamente recebera uma grande gorjeta, porque afivelava apressadamente as correias do arreio. Grindhusen nunca trabalhava depressa senão quando recebia qualquer extra.

Nesse momento ouvimos a voz da senhora, chamando de fora:

— Ainda não terminaste?

— Já está tudo prontinho — respondeu ele.

Luíza Falkenberg tornara a entrar no *landau*, enrolara-se na peliça e parecia, entre as peles, uma avezinha frágil e friorenta.

Tornei a abrir a portinhola do carro, e humildemente, de boné na mão, pedi-lhe que desistisse de viajar naquele dia.

— Não és tu quem vai guiar o carro, portanto não te incomodes comigo.

— Mas se a senhora ficasse em casa...

Ela olhou-me friamente, altivamente e respondeu:

— Não tenho de dar contas a ninguém, nem a ninguém peço conselhos...

Num momento senti uma onda de cólera, que quase não pude dominar. O meu instinto era estender os braços, agarrar aquela pobre pequena, aquela avezinha débil e levá-la para casa ao colo. Passou nos meus braços como que um estremecimento que ela viu. Recuou, sentou-se na pontinha do banco do *landau*. Então me dominei e de novo implorei.

— Não parta. Quando se vai embora, a casa torna-se lúgubre e muda. Faremos tudo para a divertir, para a entreter. Se quiser, lemos-lhe alto, se quiser Lars canta como antigamente, se quiser conto-lhe histórias das minhas peregrinações através do mundo, mas não parta... Grindhusen vem aí, posso pedir-lhe que volte para trás?

Luíza Falkenberg parecia comovida com a minha insistência, mas teimosamente resolveu partir.

— Deves estar enganado com o que pensas da minha viagem — disse. — Vou simplesmente à estação, buscar o capitão que deve chegar hoje. Ontem, não chegou, nem anteontem, e é natural que hoje venha.

Era tão natural, tão plausível que ela quisesse esperar o marido, que imediatamente cessei a minha imploração. Sentia-me ridículo por ter tomado os seus passeios tão tragicamente.

Ajudei Grindhusen a aparelhar os cavalos e, enquanto o ajudava, envergonhava-me do que ela poderia estar a pensar a meu respeito. "Velho tonto, quando matarás a tua fantasia?"

A portinhola bateu secamente e ouvi-lhe dizer ainda: "Vamos depressa".

— Partiu? — perguntaram as criadas, juntando as mãos.

— Partiu — respondi muito naturalmente. — Foi esperar o marido que vem de comboio.

Tornei a subir a encosta até à comporta. Agora que Grindhusen partira, tínhamos menos dois braços para ajudar-nos e o nosso trabalho ainda era mais pesado.

Enquanto subia devagar a ladeira, refletia nas palavras da senhora. Fizera-se luz no meu espírito; compreendi que o que me dissera não fora mais que um meio para fazer desistir do pedido. Luíza não voltaria, partira definitivamente e eu tornara a cair na rede que me estendera. Era a sua maneira de se desforrar do que o capitão a fizera sofrer durante todo este tempo. Quando chegasse à casa, não a encontraria. Ela, porém, mentira-me, também já sabia mentir; aqueles olhos cândidos e piedosos transformaram-se em atração de *music-hall* pelo pecado, e a mentira aparecera como uma conseqüência inevitável. A vida é rica e o mundo é grande, não lhes custa perder uma mulher.

Mas eu não tinha no mundo senão ela; novamente me chamei a mim mesmo "velho imbecil!"

Ainda trabalhamos três dias nos encanamentos. Agora já só nos faltavam duas ou três braças para terminar. Apesar de frio, continuávamos nossa obra febrilmente. Grindhusen voltara e demos-lhe os encanamentos da cozinha. Eu fazia os da cocheira e dos estábulos, que eram os mais importantes. Lars continuava lá em cima na comporta, acabando de cimentar.

Interroguei Grindhusen sobre a senhora:

— Ela não quis voltar contigo?

— Não, tomou o comboio.

— Naturalmente para se ir encontrar com o marido?

Grindhusen tornara-se comigo de extrema circunspeção.

— Com certeza se foi encontrar com ele, é muito natural... é o marido...

— Também pode ter ido com os pais a Christianssand.

— Talvez seja isso mesmo. Os pais são de Christianssand? Naturalmente volta amanhã ou depois.

— Disse-te que voltava?

— Diretamente não mo disse, mas deve voltar. O capitão ainda está fora. É muito boa a nossa patroa, deu-me dinheiro para comer e para beber; nunca ninguém me deu tamanha gorjeta.

Como eu conhecia bem Grindhusen!

Mas com as criadas o homem abriu-se mais. Afirmava que a senhora nunca mais voltaria e contava que durante todo o caminho o interrogava sobre o engenheiro Lassen; era com certeza para ele que ela voltava. "Pudera, com a fortuna que ele tem" — disse Grindhusen.

Chegou outro cartão do capitão para a senhora, desta vez pedindo-lhe que mandasse Nils à estação com o carro e a sua peliça. O correio devia ter-se atrasado, porque o capitão chegava logo no dia seguinte. Foi uma felicidade que Ragnilde se tenha lembrado de deitar uma vista de olhos pela correspondência dos patrões.

Nessa noite ficamos até tarde conversando no quarto de Nils. Nenhum de nós sabia o que havia de dizer ao capitão. A senhora tivera tempo de chegar a Cristiânia muito antes do capitão escrever aquele cartão, de maneira que estávamos certos de que ele não sabia da sua partida.

Nils perguntou:

— Não teria ela deixado alguma carta?

— Não, não deixara carta nenhuma — e Ragnilde, muito atrapalhada, contou que deitara fora as fotografias que a senhora tinha em cima do piano. Fazia-lhe pena que o capitão ao chegar as encontrasse ali. "Acham que fiz mal?"

— Fizeste bem — responderam todos.

Ragnilde também contou que verificara e escolhera todos os lenços da senhora, para fazer desaparecer os do engenheiro, que ainda estivessem misturados com os dela. Deitara fora uma carteira que encontrara na gaveta, marcada com as iniciais de Lassen, e um livro que tinha o seu nome escrito por extenso. Queimara tudo.

Apesar de seus defeitos todos, da mania que tinha de espreitar às portas e dos serviços um tanto baixos a que se prestava, Ragnilde tinha bom coração e um espírito muito fino que sabia a altura em que devia intervir sempre.

Para os meus trabalhos, convinha que o capitão se demorasse o mais possível para o pessoal se não deslocar, principalmente agora que já estávamos cobrindo os canos com terra. Principiava de novo e chover e a chuva diminuíra o frio.

Felizmente para mim, ainda tinha muito trabalho; com tudo quanto acontecia, não fosse ter a imaginação preocupada, talvez houvesse endoidecido.

Chegou o capitão.

Desceu do carro e percorreu a casa de alto a baixo, verificando tudo mesmo antes de despir a peliça e as galochas; depois perguntou:

— A senhora não está?

— Partiu ao seu encontro — respondeu Ragnilde. — Pensamos que voltasse com o capitão.

O capitão baixara a cabeça, mas quis experimentar o terreno:

— Foi à estação com Nils? Não sei como possa ser, porque não a vi lá.

— Não; a senhora partiu domingo.

133

— Então — disse ele, já perfeitamente senhor de si, — naturalmente foi até à casa dos pais em Christianssand. Fiz uma excursão a Drammen... quero dizer, a Fredriksstad. Tens alguma coisa que se coma, Ragnilde?

— O jantar está na mesa, capitão.

— De resto foi anteontem que fiz essa excursão, e com certeza não recebeu o meu aviso antes de partir. Como vão os trabalhos na propriedade? Os rapazes já estenderam todo o cano?

— Já devem ter quase terminado.

Após a refeição, o capitão veio ter conosco ao sítio onde trabalhávamos:

— Com que então já estão cobrindo os canos? Vocês são danados para trabalhar! Trabalharam muito mais depressa que eu, porque levei todo este tempo para vender as madeiras.

Deixou-nos e subiu até à comporta. Quando voltou trazia os olhos cansados e parecia mais velho muitos anos. Nils perguntou-lhe:

— Alcançou bom preço pelas árvores?

— Alcancei um preço muito alto, mas levei muito tempo; vocês trabalham mais depressa que eu.

— Também nós éramos quatro a fazer o serviço — disse eu.

— Não te faças de modesto, meu rapaz — continuou o capitão a sorrir.

Mas o sorriso contrariava-lhe a vontade. Não estava de bom humor. Lentamente, distraidamente sentou-se numa pedra coberta de argila e dali olhava tristemente para o nosso trabalho.

Momentos depois, vimos Ragnilde que vinha correndo. Parou junto de nós, ofegante; na mão trazia um papel dobrado.

— É um telegrama expresso, vieram agora mesmo trazê-lo.

O capitão abriu-o e na sua expressão pudemos ler a angústia e a aflição.

— Atrela imediatamente a parelha, Nils, preciso ir à estação.

Depois desatou a correr.

Partiu. Estivera em casa apenas algumas horas.

Ragnilde contou que estava desvairado. Quisera subir para o carro sem levar a peliça e esquecera-se do cesto de provisão que lhe tinham arranjado para a viagem. Quando subira, deixara cair o telegrama.

— Lemos o que dizia:

"Venha depressa. Aconteceu grave acidente esposa". Assinado: "Comissário de Polícia".

— Bem me queria parecer que era alguma coisa muito grave; veio expresso — disse Ragnilde tristemente.

Tornei a ler o telegrama e tentei convencer a todos de que não era tão horrível como à primeira vista parecia.

Era um telegrama urgente e vinha da cidade, da cidade "morta". Sim, devia ser isso. Um rio a atravessava; uma ponte alta a cortava em dois e lá no fundo rugiam pavorosamente as águas. Não havia passarinhos nas árvores, nem se ouviam os gritos. Todos os ruídos eram amortecidos, pelo rumor do rio...

As criadas choravam em torno de mim. Tive de tomar atitude firme e enérgica para não deixar que se tomassem de pânico.

"A senhora talvez tivesse sofrido um pequeno acidente, talvez tenha caído, já não andava muito firme por causa da gravidez. Um pouquinho de sangue que tenha perdido e já na polícia acharam que era um "acidente grave". Os comissários de polícia exageram tanto!"

Passaram-se dias horríveis. Eu trabalhava tanto quanto podia para iludir a minha agitação. Ragnilde não acreditava nas minhas palavras e dizia-me às vezes: "A senhora deve ter sido encontrada morta nalgum lugar. Só assim teriam mandado um telegrama daqueles".

Dias depois voltou o capitão. Vinha sereno, calmo, mas só. Voltara unicamente para vestir outra roupa, uma roupa preta, e dar algumas ordens. O corpo fora enviado para Christianssand.

— Ragnilde perguntou-lhe se ainda tinha encontrado a senhora com vida.

— Não, quando cheguei já ela tinha morrido há muitos dias. Tentara atravessar uma camada de gelo fina demais e caíra no abismo.

Então todas as criadas se puseram a chorar em altos brados. O capitão não as pôde ouvir e disse-lhes:

— Vão embora, minhas filhas, vão embora. Agora já não há remédio.

Depois perguntou a Ragnilde nervosamente:

— Foste tu quem tirou dali aquelas fotografias? As que estavam em cima do piano?

No mesmo instante Ragnilde recuperou a sua maravilhosa presença de espírito e a finura da sua inteligência. Mentiu, que Deus a bendiga pela sua mentira:

— Não fui eu, foi a senhora quem as tirou no dia em que partiu.

— Ah! Como vi que tinham desaparecido, pensei que tivesse sido tu.

CAPÍTULO XIV

O capitão dissera a Ragnilde que nos pedisse para não abandonarmos Oevreboe.

Continuei, pois, a trabalhar. Mas após a morte de Luíza, os dias decorriam para mim soturnos e sem interesse.

Acabamos o encanamento todo e em poucos dias se pôde tirar água de todas as torneiras da propriedade. Durante dois dias não falamos de outra coisa e dei graças a Deus de termos encontrado aquele derivativo.

Lars Falkenberg deixara-nos. Ultimamente cessara entre nós aquela desarmonia, que as suas palavras acres a princípio tinham criado. Tornáramos a ser bons companheiros como nos antigos tempos em que juntos errávamos através de montes e vales. Lars esquecera-se de tudo quanto me dissera e alegremente voltara a ser o meu velho amigo Lars. Já não contava, mas falava constantemente "dos seus tempos", relembrando a glória de ter cantado nas festas dos patrões e nas reuniões da aldeia. Para ele a vida corria leve e calma.

Mas Grindhusen e eu? Que seria agora de nós? Eu ainda podia recomeçar a vaguear por aqui e por ali, mas ele, coitado, já não tinha forças para encetar vida nova. Felizmente, a idade trouxe-lhe uma meia inconsciência que o atirava confiante às mãos do destino. "Deus há de ajudar-me" — dizia.

— Para onde vais, quando saíres daqui? — perguntou-me um dia.

— Para a montanha, lá longe, a caminho de Trovatn.

Quando o conduto de águas ficou terminado, Nils mandou-nos ambos para o bosque trabalhar. Era agradável. Tínhamos de cortar e serrar os troncos para fazer lenha.

Quando o capitão voltar, despede-nos com certeza — disse Grindhusen.

— Talvez tu possas continuar nos trabalhos de inverno. Ainda há mil dúzias de árvores para preparar antes de serem embarcadas para a cidade.

— Se pudesse lembrar isso ao capitão...

Renascera-lhe uma esperança no cérebro. Grindhusen depressa recomeçava a esperar, mas eu, que seria de mim agora? Já não era tempo de criar novos sonhos. Cinqüenta anos!

No domingo seguinte, passei o dia no bosque passeando; queria matar o tempo até à hora da chegada do capitão, anunciada para aquele dia. Para entreter-me, subi à comporta.

Quando descia, encontrei Lars Falkenberg que subia para casa. A lua brilhava no céu, enorme e resplandecente. Vermelha e cheia, parecia um balão aceso; espalhava-se por toda a parte a sua claridade tranqüila e doce. Lars falou-me alegremente, mas gostaria mais de o não ter encontrado naquele momento.

Estivera durante muito tempo sentado na crista do monte. A terra murmurava languidamente uma canção monótona e triste. O céu parecia associar-se, fazer coro à música da terra. De vez em quando uma folha ao cair, batendo nos troncos cobertos de gelo, interrompia aquele cântico harmonioso. Depois o céu e a terra recomeçavam a cantar. Uma onda de paz desceu sobre mim. Pensamentos de calma me invadiram, pondo uma surdina ao meu desespero. A morte era vaga e impossível naquele momento; encarei-a como uma volta aos elementos.

Lars queria saber de onde eu vinha e para onde ia. Expliquei-lhe: A comporta, os canos... "Mas tudo isso são tolices. As pessoas podem bem transportar a água pelas próprias mãos" — disse ele. Depois continuou falando de agricultura. O capitão gastava demais em máquinas e em inovações. Queria que nada fosse feito à mão, poupava tempo mas gastava o dobro. Boa colheita? Mas as despesas eram enormes: "Noutros tempos havia alegria e música em Oevreboe, eu ia lá cantar à noite... nem me quero lembrar! E agora, já nem uma árvore grande deixaram de pé na floresta".

— Mas dentro de algum tempo tornam a crescer...

— Algum tempo — dizia ele — não, muito tempo. Lembra-te que são precisos anos para ter uma "sete polegadas". Não basta ser capitão e saber mandar soldados para ser um bom agricultor, é preciso experiência, conhecimento! O capitão já nem sequer é conselheiro de todos os vizinhos, como dantes. Antigamente vinham a propósito de tudo, procurá-lo...

— Ele já teria chegado? — interrompi.

— Já chegou; vem magro e velho, parece um esqueleto. E tu quando partes?

— Amanhã.

— Amanhã já?

Lars então, desejou-me sorte e saúde. Não julgava que fosse tão cedo.

— Ouve o meu conselho — disse ainda — não continues perdendo a tua vida pelo caminhos. Vales mais do que isso. Faze como eu, casa, tem filhos. Não quero dizer que a minha vida seja melhor que a dos outros mas tenho uma terrazinha de semeadura, duas vacas, uma que dá cria no verão e outra no inverno, tenho um porco, mulher e filhos. Não é uma riqueza, mas escuso de perder o meu tempo a trabalhar para os outros. Lembra-te toda a vida do que te disse um amigo neste caminho ao pé da fonte. Casa-te e arranja a vida.

— Soubeste tirar-te de embaraços, foste inteligente, mas eu é que nunca saberei fazer o mesmo — respondi.

Este meu discurso pô-lo de excelente humor:

— Por esse lado não tens razão. Sabes trabalhar como poucos e além de tudo sabes também ler e escrever, o que é melhor. Devias ter seguido o conselho que te dei há seis ou sete anos, quando trabalhamos juntos os dois. Por que foi que naquele tempo não te resolveste a escolher, como eu uma das raparigas de Oevreboe e a estabeleceres-te? Ainda está em tempo, e repito-te o mesmo.

— Não, já não estou em tempo. Agora é demasiadamente tarde.

— Quantos anos tens?

— Não se pergunta a idade às pessoas — respondi gracejando.

Convidou-me para subir até à casa dele, mas não aceitei; ainda tinha preparativos a fazer para o dia seguinte.

Mas Lars insistiu: "Vem, a Ema gostará com certeza de te ver".

— Tenho medo de a ir incomodar mas peço-te que dês lembranças minhas.

— Parece-me que ela ainda lá tem uma camisa tua. Por que não a vais buscar?

— Tenho pressa, não faz mal que a camisa fique.

Por fim, deixou-me. A tarefa de arrumar as minhas coisas não seria longa nem difícil, de maneira que preferi subir outra vez o caminho e ir ver o luar do alto do monte. Caminhei devagar, assobiando uma velha cantiga.

Momentos depois, vi Ema que me trazia a camisa.

Na manhã seguinte, nem eu nem Grindhusen fomos ao bosque. Grundhusen estava inquieto e triste:

— Falaste de mim ao capitão?

— Ainda não falei com ele.

— Verás que serei despedido. Nesta desgraçada casa não há dinheiro para pagar senão um criado.

— Falas mal da casa agora?

— Não é falar mal; o capitão é bom homem mas não tem coragem de mandar serrar as árvores todas. Hein! Estou pensando em ir falar com o inspetor da flutuação; pode ser que tenha lá um cantinho para mim. É uma pessoa influente, o engenheiro.

Às oito horas, consegui falar com o capitão. Às nove chegaram os vizinhos, certamente para apresentar as condolências. O capitão estava abatido e triste, mas não perdera a coragem nem a sua voz sonora e ríspida. Falou-me em instalar um grande secador para os cereais.

Oevreboe reentrava na calma. Já não havia quem pusesse em cima do piano fotografias, já não havia quem tocasse música, já não se viam pelos cantos pares de braço dado. Luíza Falkenberg já aqui não está para fazer mal a si mesma e aos outros. Acabaram-se os maus costumes, mas resta saber se mais uma vez se ouvirão cantigas e se verão flores em Oevreboe.

— Deus queira que ele não recomece a beber — disse eu a Nils.

— Quem sabe. Ele, antes, nunca bebeu. Fazia-o por imitação aos outros. E tu voltas na primavera?

— Não. Nunca mais volto.

Despedimo-nos. Esperei até o ver desaparecer pela porta da cocheira. Nils foi o homem mais trabalhador que vi em toda a minha vida.

Alguns minutos depois, Grindhuesen veio falar comigo. O capitão contratava-o para serrar e cortar as árvores abatidas. "É um grande senhor, um homem como não há outro" — afirmava Grindhusen.

Subi até ao quarto do capitão. Despediu-se de mim e deu-me o meu salário. Também quis agradecer a minha boa vontade e dizer-me que estava contente comigo. Continuamos falando uns instantes, a respeito do secador, e disse ainda:

— Se quiseres voltar, vem à primavera; mas tenho a certeza de que nunca mais voltarás.

Fiquei interdito com aquelas palavras, porém respondi olhando-o bem de frente:

— É verdade, nunca mais volto.

"Tenho a certeza de que nunca mais voltarás". Enquanto descia as escadas, ia pensando no verdadeiro sentido desta frase. Talvez o capitão tivesse percebido o que se passara em mim. Lisonjeei-me com a confiança que denotara ter em mim mas imediatamente esta vaidade se esvaiu. Vi-me como sou e compreendi que ninguém poderia deixar de ter confiança num homem com a minha idade e a minha figura. Disse adeus às criadas e à minha boa amiga Ragnilde. Antes de partir, o capitão mandou oferecer-me o carro para me levar à estação, mas preferi ir a pé.

Aqui estou de novo na cidadezinha morta. Aqui estou porque a cidade se encontra no meu caminho, entre as montanhas e Trovatn.

Tudo continua nos mesmo lugares, como no verão. Somente há diferença no rio que está coberto de uma camada de gelo delgada e o gelo coberto neve.

Compro equipamento de inverno completo para poder continuar o meu caminho. Sapatos ferrados e um casaco de pele. Na loja em que entrei, às primeiras palavras do mercador, senti-me de novo no espírito da cidade.

No dia seguinte vou até ao cemitério, que fica a meia encosta da serra. Também ali se tomaram precauções contra o inverno. As hastes das plantas estão enroladas em palha para que o frio não as mate. Preocupações de vida na mansão dos mortos...

Há uma feira de Natal, onde vou passear. Vendem-se trenós para as crianças, *luges e skis*. Grandes barricas cheias de manteiga dura como rocha e peles de todas as qualidades. Judeus oferecem relógios, procedentes daquele ínfimo país perdido nos Alpes, donde Boecklin... não era daquele país de onde ninguém é, e donde nada nos vem.

Pobre feira de Natal!

À noite o som dos violinos, encordoados com cordas de metal, parece uma música feita de bicos; dança-se, canta-se. O mestre-escola também quer cantar:

Trabalhas, ó pobre e velha Mãe
E teu suor é como o sangue...

Mas a rapaziada não quer ouvir a cantiga, quer dançar. Começam a gritar; "Dança! Dança!" — e o mestre vê-se obrigado a calar a sua inspiração.

Recomeça a dança. Rodopiam os pares ao som da música de bicos; nada os detém. Elas vestem cinco ou seis saias sobrepostas, que lhes embaraçam os movimentos, mas o hábito que têm de usá-las faz com que não reparem. Eles enxugam muitas vezes o rosto e, também habituados às saias delas, sabem vencer o obstáculo. Dir-se-ia que as nossas camponesas estão hermeticamente fechadas naqueles montes de fazenda, mas nove meses depois das festas, muitas se dão conta de que ainda lhes faltava uma saia para estarem hermeticamente protegidas.

O rio, nesta época do ano, deixa de fazer ouvir o seu tumulto. O inverno fechou sobre ele uma imensa crosta de gelo que o não deixa rugir. Fornece energia às usinas, lá em baixo no vale, aciona as fábricas de papel nas faldas da colina, mas sua queda não entorpece os ouvidos dos moradores com a sua voz incessante.

A queda se tornou lamentavelmente pequena e entre os blocos de gelo que a corrente quebra na passagem, e porque a água está quase completamente gelada em toda a extensão do rio, vêem-se em muitos pontos as pedras do leito que aparecem à superfície. Perdeu a grandeza e o tonitroante. É a ruína duma queda de água, é o inverno.

Acabei todas as compras que tinha a fazer na cidade. É domingo e o tempo está frio, mas agradável.

Entrei no hotel para rever o carregador, meu velho amigo; insiste em acompanhar-me até atravessar a ponte, e pede-me que o deixe levar o saco de viagem e os embrulhos.

Subimos um carreiro que atravessa o bosque; é um simples caminho traçado pelos trabalhadores do verão, com raras pegadas na neve fofa e nova.

O meu companheiro não se dá ao trabalho de indagar a razão que me leva a passar constantemente por este atalho. Já ontem e anteontem aqui passei. As poucas pegadas que encontramos são dos meus próprios pés.

— A senhora de que me falaste noutro tempo... aquela que se afogou... foi aqui? — perguntei.

— Foi aqui mesmo. Tivemos imenso trabalho para a encontrar, teve de ser dragado o fundo do rio. A princípio tentamos por escadas e estacas na margem para chegarmos onde era preciso, mas a terra cedia e foi então que decidimos quebrar o gelo e dragar. Olha ali, onde está mais escuro é que estiveram os barcos. O lodo revolvido gelou, misturado com a água.

— Ela caiu quando queria atravessar o rio?

— Foi, é o mau costume de atravessar por cima do gelo novo. Toda a gente tem essa mania e dá sempre mau resultado. O engenheiro contou ao comissário de polícia como as coisas se passaram.

— Hein?

— Ele vinha pela margem de lá montado na bicicleta, ela pela de cá. Assim que se viram, ela quis atravessar; lembra-te que eram primos? Mas ele começou a fazer-lhe sinais que não lhe fosse ao encontro, tinha medo que rebentasse o gelo. Ela não compreendeu os sinais e corre para ele; nisto o gelo não agüentou e partiu. Coitadinha, deve ter morrido imediatamente. O engenheiro montou na bicicleta e entrou na cidade, bradando: "Caiu uma pessoa no rio, a minha prima caiu no rio"! O sino tocou. Nunca ouvi tocar o sino com tanta força; ela era prima do engenheiro Lassen. Vieram os bombeiros com o barco de socorros e começaram a dragar, porque os nossos esforços haviam sido inúteis; eu e os outros homens não tínhamos senão as estacas e as escadas. Foi um horror, foi um horror!

O meu amigo punha as mãos na cara, como uma criança.

— Não me contaste que o marido veio depois?

— Pois veio, é o capitão Falkenberg. Estava desolado

com a morte da mulher. De resto o primo também, tanto que quando o marido chegou, ele imediatamente partiu, rio acima, para não ter que falar de novo no acidente.

— Não se encontraram, então? — perguntei.

— Parece-me que não... hum! Não tenho a certeza... não sei mais nada.

As suas respostas eram tão ambíguas que me convenci de saber ele tudo quanto se passara. Mas agora já nada tinha importância, de maneira que não continuei a interrogá-lo.

Dei-lhe algum dinheiro e despedi-me para ver se me livrava da sua companhia, mas continuou andando ao meu lado. "Sim, o capitão quis seguir o engenheiro, fui eu mesmo que o acompanhei, mas não o encontramos. Subimos um grande trecho da serra... não sei onde se teria metido". "O engenheiro tem alguma coisa que fazer no rio durante os gelos?" — perguntava-me o capitão. "Parece-me que não, nunca o vi inspecionar senão no verão" — respondi eu. Queria por força encontrá-lo, teimava e procurava em toda as cabanas do bosque. Por fim encontramo-lo num abrigo de estio; então o capitão mandou-me embora e entrou no abrigo. Minutos depois saíam ambos e vinham discutindo em altos brados. Nisto o capitão levantou o braço ao ar e assentou um grande murro na cara do engenheiro, que foi de rebolão pelos penhascos abaixo; deve ter chegado ao fim muito machucado. Escondera-me atrás de uma árvore para ver a cena e quando o capitão me viu, disse muito naturalmente: "Vamo-nos embora".

Abismei-me nos meus pensamentos. O pobre carregador, que não tinha um único inimigo no mundo, falava do engenheiro raivosamente, como se lhe quisesse mal. Para mais, tinha-o deixado sem socorro, caído nas pedras que margeiam o rio. Naturalmente lhe devia dinheiro, ou talvez nunca tivesse dele recebido uma gorjeta que o satisfizesse. Efetivamente não me enganava, porque o homem continuou:

— O capitão, esse sim, é um homem às direitas. Deu-me tamanha gorjeta, que com ela paguei parte da minha dívida no hotel.

Quando o carregador me deixou, atravessei o rio continuando a andar entrei na estrada, cujo chão estava rijo como asfalto. De que servira aquela agressão perto do abrigo? Que remediava à desgraça que acontecera? Luíza morrera no rio; nada, nada a faria voltar. E ainda que voltasse! Ambos haviam tentado o impossível para remediar o mal feito, tinham voltado a viver sob o mesmo teto, olhando-se como dois inimigos, tentando reparar o irreparável, e nada conseguiram. De que servia então maltratar o engenheiro?

Lembrei-me dela, do tempo em que a conheci há oito anos. Linda e meiga como um anjo do céu. Depois a vida passou. Enamorara-se, bebera, tocara piano... não tinha filhos nem alegria.

A vida é rica e pode facilmente desperdiçar uma mulher como aquela.

Mas perdeu-se uma mãe que trazia um filho no seio.

FINALE

Um vagabundo toca em surdina quando chega aos cinqüenta anos.

Mas por que toca ele em surdina?

Talvez consiga exprimir o meu pensamento assim:

Se se chega tarde demais, no outono, ao bosque onde crescem os pomos silvestres, paciência, é tarde demais! Se se perde o dom da alegria e a faculdade de sorrir para a vida, paciência é tarde demais! Para que lutar? Rir constantemente prova uma certa falta de capacidade cerebral; viver numa permanente satisfação de tudo e de si próprio, é quase inferior. Mas bons momentos todos os têm. Um condenado que atravessa as ruas da cidade sentado na carroça que o conduz ao patíbulo, ao sentar no banco, um prego que o incomoda, desvia-se e passa a sentir-se mais à vontade. Em todas as situações há uma compensação.

O capitão Falkenberg pediu a Deus que o perdoasse e fez justiça pelas próprias mãos... puro cabotinismo. Um vagabundo, esse não quer senão aquilo que a vida lhe oferece. Se lhe falta o pão, a casa, a roupa e a lareira, sofre, mas não se revolta porque sabe que se uma coisa não aparece, aparece a outra. Se todas faltam, não se revolta, toma a responsabilidade sobre si. É triste, às vezes, curvar a cerviz aos golpes do destino; envelhece, torna os cabelos horrorosamente grisalhos, mas um vagabundo agradece a Deus a vida, que às vezes é tão boa de viver.

Talvez seja esta a maneira de exprimir o meu pensamento: Para que exigir? Para que lutar? Que o guloso queira todos os bombons que lhe apeteçam, compreendo. Mas nunca ouviu o murmurar da floresta? Nunca se sentiu feliz porque as árvores gemem eternamente a sua canção de melancolia? Não há esplendor maior que o murmúrio dos bosques.

E é assim, o simples fato de viver pagar-nos sobejamente de todas as misérias da vida.

Não; não há direito de exigir mais bombons do que nos são dados. Tudo pertence à vida, nada te pertence a ti. A celebridade pertence-te? Dize-me por que? Ninguém se deve agarrar ao *seu*, torna-se cômico e ridículo e um vagabundo ri de tudo quanto é ridículo. Conheci um homem que não sabia renunciar ao que era *seu*. Um dia quis acender o lume e como a lenha estava molhada, levou o dia inteiro a acendê-lo. Pela tarde o conseguiu, e como não renunciava ao que lhe pertencia, ficou toda a noite aquecendo-se ao lume. Só de manhã, quando todos se levantavam, se apagou aquela chama que o tornara seu escravo. Era um autor de peças de teatro.

Vagueei a vida inteira e aqui estou velho e grisalho, mas não tenho a crença estúpida de ter adquirido experiência, nem sabedoria. Peço a Deus que nunca mas dê. A experiência é um triste sinal de decrepitude. Quanto agradeço ao Criador a vida que me deu, não penso na sabedoria que me veio com os anos. Os anos trazem-nos a velhice; nada mais nos dá a idade.

Já é tarde demais este ano para buscar nas florestas os pomos silvestres, mas ofereço-me o prazer de fazer, assim mesmo, a viagem. Dou a mim mesmo esse gosto para recompensar-me de ter trabalhado muito durante o verão... Acabo a jornada no dia doze de dezembro.

Bem poderia, eu, também, parar na vila e, como Lars, estabelecer-me. Muitas vezes me aconselhou, aquele meu bom amigo: "Compra uma casa, cria duas vacas, um porco, e arranja mulher". Era um conselho de amigo, era a voz do povo. Mas uma das minhas vacas podia ser boi castrado, uma coisa inútil e sem préstimo. Assim me poderia enganar em muitas coisas mais. Não; volto para a floresta a viver numa cabana de troncos.

Que mais posso querer da vida, que mais posso esperar? Ouve Lars: Há um homem que me vem trazer o pão todos os dias da semanas; se não tenho frio que mais posso desejar? Também não tenho desilusões.

Nada me falta senão o meu sinete do abade de Pavel. Um amigo ofereceu-me este sinete. Trazia-o habitualmente no bolso do colete, e ainda o tinha o verão passado, mas hoje não o encontrei onde costumava. Perdi-o, paciência! O fato de ter tido a alegria de o ter, pagaram de antemão a tristeza de o perder.

Mas literatura não me falta.

Ah! como me lembro no dia doze de dezembro, e de todas as demais datas! Assim como me lembro das datas, vou placidamente esquecendo as coisas mais importantes; é a velhice. Esqueci-me de que o capitão Falkenberg e a senhora tinham na livraria trinta exemplares de cada livro de versos dos poetas nacionais. Todos os anos, pelo Natal, vinham os livros, sempre os mesmos. Tanto ele como ela sem dúvida os liam. Para mudar o armário, foram precisos quatro criados e dois homens. O outro homem que ajudou foi Grindhusen: "Não percebo como se pode ler tantos livros!" — disse ele, mas Grindhusen não sabia que eram todos iguais.

Entrou na minha cabana um caçador de alces, e trazia um cão que nunca cessava de ladrar; não os achei interessantes nem um nem outro. Suspirei aliviado quando os vi partir. Pediu-me emprestado o caldeirão de cobre que pendia da parede, deixou-o sujo e manchado de gordura.

Esse caldeirão não me pertence, mas deve ter sido esquecido pelo habitante da cabana que me precedeu. Resignadamente limpei-o e dependurei-o no seu lugar; serve-me de barômetro, porque embaça quando muda o tempo.

Se Ragnilde aqui estivesse comigo, seria ela e não eu, quem limparia o caldeirão, mas como as minhas vacas seriam *nossas*, *nosso* o meu porco e *sua* a minha paz, prefiro arear eu próprio o caldeirão.

Conheci uma senhora que nunca tomava conta de nada, que deixava a casa correr à revelia e que ainda tomava menos conta de si própria que das suas coisas. Há sete ou oito anos imaginei que não houvesse ninguém no mundo que pudesse ser mais linda, nem mais delicada que ela. Conduzia-a no carro durante uma viagem, e ainda que eu fosse o seu escravo, o seu criado, intimidou-se, corou e baixou os olhos. E o mais extraordinário é que também eu, o seu servo, me intimidei e corei com ela. Só por ter-me olhado com os seus dois grandes olhos de veludo descobri no mundo mil esplendores que nem sempre suspeitava. Ah! lembro-me dela, lembro-me dela e digo a mim mesmo abanando a cabeça: "Como foi estranho!" Depois morreu. E que mais? Mais nada. Eu fiquei, mas não devo sentir o desgosto, nem saudade, porque o milagre de sua vida recompensa a perda de sua morte; tudo quanto sofri está pago pela grandeza de ter-me olhando uma vez para o fundo dos olhos.

A mulher... que sabem os sábios da mulher?

Lembro-me de um filósofo que escreveu sobre as mulheres. Eram trinta volumes de poesia homogênea, cerrada, impenetrável; contei-os todos um a um, um dia, dentro de um grande armário. Escreveu falando da mulher que deixa a casa e os filhos em busca do... maravilhoso! Mas então que eram os filhos? Era cômico o meu filósofo e um vagabundo ri de tudo quanto é cômico.

Que sabem os sábios da mulher?

Primeiro, para ser sábio, é preciso ser velho, e, quando se é velho, já se conhece a mulher unicamente de memória, mas como por outro lado, mesmo jovem, o sábio não a conheceu nunca, rio-me dele. Quando alguém nasce com aptidões para a sabedoria, trata-as, alimenta-as e despreza o mundo. Ninguém vai ter com as mulheres para aprender o que os sábios sabem. Os quatro maiores conhecedores do outros sexo, aqueles que mais escreveram sobre elas, encontraram-nas em si próprios. Eram velhos e moços que montavam em bois castrados, em animais estéreis e inúteis. Não conheciam a mulher na santidade, na doçura, na suavidade; não conheciam a mulher indispensável, a mulher imprescindível e escreveram sobre ela. Rio-me deles.

Deus me guarde de me tornar um sábio. À hora da minha morte, gaguejarei no meu último suspiro: Que Deus me guarde de ser um sábio.

Está um tempo delicioso para a viagem que planejo: quero subir as montanhas para, de bem longe da minha cabana, olhar o mundo. O meu caldeirão promete-me que o tempo não mudará.

Ponho às costas o saco de viagem cheio de provisões e levo na algibeira um novelo de barbante para o que for preciso. Engano-me a mim mesmo, convencendo-me de que tenho muito que fazer, mas é mentira, vou apenas vaguear pela serra. Sou um vagabundo que deixa a sua cabana feita de troncos de árvores, para voltar, ou para não voltar.

O bosque está tranqüilo e deserto, todo coberto de neve e a natureza sustém a respiração na minha presença. Ao meio-dia, estou no cimo de um monte. Lá de cima vejo a vila de Trovatn ao longe, como um risco branco de giz, e o deserto de neve. Almoço e continuo o caminho andando devagar, surdamente, circunspectamente, as mãos nos bolsos. Às quatro horas janto com apetite como se tivesse trabalhado o dia inteiro. Mas como unicamente para ter uma ocupação; as minhas mãos nada têm que fazer, enquanto o meu cérebro vagueia. Há no chão muitos ramos de árvores batidos pelo vento; principia a escurecer e faço com eles uma fogueira.

Na manhã seguinte, levanto-me cedo. É madrugada, e o sol começa a levantar-se. Cai a neve docemente, brandamente, como que abafando o ar. Ao longe percebo uma tempestade que se aproxima; tanto eu como o meu barômetro nos enganamos. Abandonei o abrigo que tinha encontrado entre os rochedos. E de novo foi meio-dia, mas continuava a nevar. O sítio que encontrara na véspera para dormir não era grande coisa, havia bastante mato para me poder deitar e não senti frio, mas a fumaça da minha fogueira vinha para cima de mim e misturava-se ao ar que respirava.

Essa tarde, encontrei melhor abrigo: uma vasta e elegante caverna com paredes e teto. A entrada muito estreita fazia de chaminé e o fumo saía facilmente. Apesar de não ser noite ainda, instalei-me, recolhi agulhas de pinheiro e mato macio para preparar uma cama. De onde estava, eu via em minha frente os flancos das montanhas vizinhas, áridos e cobertos de neve.

Sentia-me em casa, olhava aprovativamente para a minha propriedade, como se fosse eu quem a tivesse construído, e perguntei a mim mesmo: "Era aqui que pretendias chegar?" — Era.

O murmúrio da trovoada aproximava-se cada vez mais. Grandes bátegas caíam nas árvores e no teto da caverna. "Chuva em dezembro?" — pensei maravilhado. Naturalmente uma onda de calor imaginara vir fazer-me uma visita. Durante a noite choveu, choveu e todo o bosque murmurava. Era como na primavera e a natureza encheu-me de um bem-estar calmo e profundo, que invadiu o meu sono. Dormi até o dia seguinte.

Eram dez horas quando acordei.

A chuva cessou, mas continua a fazer calor. Saio da caverna: a floresta inclina-se e murmura ainda. Do flanco da montanha que fica na minha frente, desloca-se uma grande pedra que vai rolando de quebrada em quebrada. Outras se lhe seguem e ouvem-se no ar ruídos turbilhonantes de pedras que se chocam. Forma-se avalanche que desce em catadupas, arrastando árvores na passagem e destruindo tudo quanto encontra. Por fim, lá no vale, pára e espraia como uma onda na areia. Atrás dela algumas pedras rolam ainda, como gotas de água após o aguaceiro. Na minha alma há uma canção que se vai calando a pouco e pouco; é um acompanhamento grave e lento como a voz de um violoncelo.

E torno a escutar o murmúrio da floresta... é como o som misterioso de um grande mar. Confusamente dentro de mim acordaram recordações do passado. É o mar? É o som de uma grande corrente marítima? Mil alegrias, a música, e harmonia, as flores. Não existe maior esplendor que o murmúrio da floresta. É como um embalar, um adormecer, uma loucura: Uganda, Tenerife, Honolulu, Venezuela, Atacama...

Mas são sem dúvida os anos que assim me tornaram fraco e os meus nervos que em mim ressoam em uníssono como uma grande orquestra. Levanto-me e aproximo-me mais da fogueira; posso falar ao fogo, conversar com ele enquanto as chamas morrem devagar. A minha casa é incombustível e tem boa acústica.

Escurece na minha caverna; diante de mim vejo o caçador de alces e o seu cão que sempre ladra...

Recomeça a nevar e, enquanto volto à minha cabana de troncos, a geada endurece o chão, os campos e os pauis, e torna o caminho mais fácil. Vou andando devagar, surdamente, indiferentemente. Nada me chama, nada me retém, não importa para onde vou.

A presente edição de UM VAGABUNDO TOCA EM SURDINA de Knut Hamsun é o Volume de número 12 da Coleção Excelsior. Capa Cláudio Martins. Impresso na Líthera Maciel Editora e Gráfica Ltda., à rua Simão Antônio 1.070 - Contagem, para a Editora Itatiaia, à Rua São Geraldo, 67 - Belo Horizonte - MG. No catálogo geral leva o número 01028/8B. ISBN. 85-319-0713-6.